纯美时光

马庆珍　著

国文出版社
·北京·

图书在版编目（CIP）数据

纯美时光 / 马庆珍著 . -- 北京：国文出版社，

2024. -- ISBN 978-7-5125-1708-0

Ⅰ . I267

中国国家版本馆 CIP 数据核字第 202475RX90 号

纯美时光

作　　者	马庆珍	
责任编辑	苗　雨	
责任校对	彭彬彬	
出版发行	国文出版社	
经　　销	全国新华书店	
印　　刷	北京鑫瑞兴印刷有限公司	
开　　本	710 毫米 ×1000 毫米	16 开
	16 印张	220 千字
版　　次	2025 年 1 月第 1 版	
	2025 年 1 月第 1 次印刷	
书　　号	ISBN 978-7-5125-1708-0	
定　　价	75.00 元	

国文出版社

北京市朝阳区东土城路乙 9 号　　邮编：100013

总编室：（010）64270995　　传真：（010）64270995

销售热线：（010）64271187

传真：（010）64271187-800

E-mail：icpc@95777.sina.net

序　从故乡直抵心灵

◇ 张策

　　对公安文学创作进行研究和分析，可以有多种角度。如从作者身份分析，可以清晰地分辨出公安作家与社会作家的区别，尽管这区别是微小的，也存在争议。如从地域区划分析，可感觉到不同地域对作者创作的影响和引导，看出不同地域在作者们字里行间的某种风情溢现。而若从文学体裁角度来看，则可以看到一个有趣的现象：在公安文学的创作中，散文创作是最活跃，也是公安文学与社会文学在题材上、笔法上界限最模糊的体裁。

　　这其实反映的是公安作家们在创作过程中的心态。

　　说明一下，我这里所指的公安作家，是指拥有人民警察身份的作家。他们身处公安机关的各个部门，从事着不同警种但同样繁重的工作。他们在宝贵的业余时间进行他们热爱的文学创作。因此，他们的笔下必然有着诸多不同于其他社会身份的作家们的情绪流动、故事结构和人物形象。

　　而散文被他们青睐，大致有两个因素。一是客观上的，他们的工作重负使得他们很难有时间去构思和创作长篇巨作，而散文这种短小精干、活泼自由的体裁正好符合了他们的创作需求；二是主观上的，沉重而甚至有时惨烈的工作并不能泯灭他们内心对美好事物的向往，只能使他们更珍惜生活、珍惜感情，更热爱以文字描写他们心中的美好期冀，抒发自己的真挚情感。

因此，他们和其他职业的作家一样，和千千万万的普通人一样，不仅描写本职业中的人与事，也会用充沛的情感去歌颂他们所见所听所闻所忆的美好。特别是他们生活经历中的那些令他们陶醉、令他们回味、令他们向往和感动的事物，必然成为他们的创作主题之一。

故乡，就此更多地走入公安散文创作者的笔下，既抚慰着他们的心，也借此将思念的情绪传播给更多的读者。从故乡出发，他们的创作直抵读者的心灵。这些年，我读过韩秀瑷的黑土地，读过旷胡兰的井冈山，读过李晓达的南粤古镇，读过连忠诚的信阳茶园。而今天，我有幸又读到马庆珍的散文集《纯美时光》，读到了她对故乡的又一种诠释。这种诠释就凝聚在她的书名中，她把她的故乡回忆沉浸在一片纯美的时光里。

我和马庆珍并不熟识，只知道她是一名山东省临沂市的女民警。她大学毕业后进入公安机关，在勤勉工作的同时始终没有放下对文学的热爱。她是临沂市作家协会的会员，一直从事着散文的创作。她对自己这部新著的解释是："让我试着用文字勾勒出曾经的小巷老院、沙滩池塘，以及菜园风景和蛙声蝉鸣，勾勒出那个时代的纯美时光吧。这是一种回忆，也是一种致敬。"这样的定义，本身就是纯净而美丽的。马庆珍的创作，注定是饱含深情的，这种深情像是浓稠的蜜汁，融化在了她的文字里。

匆匆读了她的书稿，感觉她的创作有着她个性化的鲜明特点。文学创作就是这样，重复是一种必然，但也唯恐会落入窠臼。那么多公安作家写故乡，除了地域的区别外，最怕的就是彼此的某种相像。故事、人物、环境、氛围，每一处都需要作者匠心独具。马庆珍的创作，就这部新著而言，我感觉有三点是值得称赞的。一是她对事物的观察细致入微。她把笔墨集中在故乡的事物上，大到村落和河流，小到一颗野草莓，都能从中捕捉到情感的流动，都能细致而准确地进行描述。二是她对散文的创作技巧有准确的把握，特别是避免了对事物的空洞描写，而是把物与人紧密地结合在一起，在美好的景色与时光里回忆故乡亲人的音容笑貌，回忆自己的成长与成熟。通过这样的有机结合，人活了，物也活了，人与物在叙述中完美融合。三是她的语言随性而活泼，生动而不做作，不在过度的技巧雕琢上下功夫，追求着一种自由的书写状态，这是作为一个成熟的写作者而很难得的。

总之，我为在人数众多的公安散文写作者队伍中，又发现了一名新的成熟作者而高兴。也就此向马庆珍的新著出版表示祝贺。

让我们回到本文开始时的话题。故乡，在公安作家的笔下鲜活地存在着，它不仅是工作之余的文字消遣，更是公安作家们心底永远保存着的美好记忆，是他们所永远珍视的价值观形成的思想基础和力量源泉。整天忙碌在维护社会安宁的第一线，在血与火之中战斗，他们需要故乡，他们需要故乡的柔风细雨和鸟语花香。故乡是他们心底的一扇窗，从这扇窗里映出的纯美时光，将直抵他们的心灵，也将直抵读者的心灵。

马庆珍的《纯美时光》，为我们再一次提供了描述故乡的文字范本。推荐大家都来读一读吧，感觉也许不同，但我相信，每一个人都会在合上书页的时候，有一种回故乡看看的冲动。

2024 年 6 月 8 日

（张策，中国作家协会会员，曾任中国作协第七、八、九届全委会委员，中国文联第十届全委会委员。现任全国公安文学艺术联合会副主席。）

序

◇ 李木生

负责地说，马庆珍的《纯美时光》值得一读，这是我近年来很少碰到的纯美时光。

写这篇序有些辗转。我原先不认识临沂的这位作者，她通过北京的朋友找到我，那是五月份。先是看了几篇，虽然觉得新鲜，还是被正在写作中的《鲁迅新论》打断。又过了两个月，到了七月，突然想起答应的这件事，赶快给庆珍发微信消息，答应会尽快阅读。想不到《鲁迅新论》的写作会如此全身心地投入，一章接一章地沉浸其中。再接到庆珍的电话已是十一月初，电话一显示名字我就着急起来，赶紧对她说：我抓紧。十几万字，整整两天，阅读的快乐出乎意料。

童年与童年的村庄，父母、亲人与村庄里的食品与植物，已被好多人写成了老生常谈，再难出现新意。想不到《纯美时光》竟能如此打动我，不是突然的打动，而是慢慢地渗透式地感动于我。其魅力何在？

先是一个"诚"字。她是在用最朴素的笔墨书写生命里最难忘的岁月，点点滴滴，娓娓道来；诚而不惫，常常充满活泼如新的趣味。这种活泼或者说鲜活，来自她对于逝去时光里一个个细节的把握与撷取。比如她写《头刀韭》，短短的一篇千字文，竟是摇曳味浓："油菜花已经抽薹打苞，还未开放的时候，地里的韭菜已经翠绿成行了"，头刀韭登场；"它的最大特点就是叶梢儿是尖尖的，韭菜根儿还带点红色"，这是它的模样；"叶子肥肥的，宽宽的，嫩嫩的，没有多少纤维，味道又不是很辣，卷上煎饼生吃也可以，切成碎末，拌上豆腐，或者是虾皮鸡蛋，包饺子或者是贴锅贴，味道都是极好的"，这是它的味道；"就拿贴韭菜合子来说吧。切好韭菜，掺上点粉条，再放上虾皮鸡蛋末儿，撒点细盐，淋些花生油，用筷子搅拌均匀，韭菜馅儿便调好了。擀好面皮，将和好的韭菜馅儿放在面皮上，捏好边，韭菜合子便做好了。放在煎锅里双面煎至金黄，美味便大功告成了"，这是它的别样吃法……

以大量精彩细节以及细节中流溢的趣味为支撑，这个"诚"字便会紧紧地抓住读者的心。

最让我感动的，还是弥漫在字里行间的那片爱心。春风化雨般的爱心，也许是这部书最为成功的地方。写父母的爱情，真实真切，并再现了场景。如写父母有一次吵架，母亲于天快黑时非要回娘家："母亲真的走了。那时天快黑了，父亲就让我们姐弟仨沿着围村路喊'娘'。我们姐弟仨照做了。果然，在一畦辣椒旁，母亲探出了身子，我们高兴极了。父亲是聪明的，他知道母亲一定舍不得我们姐弟仨。现在想来，我们姐弟仨在空旷的田野里此起彼伏地喊着'娘'，就像几只离散的小羊羔声声呼唤着找羊妈妈。这场景，母亲能不心疼吗？"她写母爱，一点也不空泛，就是还原场景，如"母亲仍然坐在炊烟四逸的鏊子窝里，乐呵呵地看着我们几个狼吞虎咽的样子，又低头去吹燃鏊子底下的柴火了"。更打动我的，还是写父亲的那些文字。父亲瘦小，却是村里难得有文化的人。庆珍写自己对父亲的误解，写父亲的孤独无奈，也写父亲努力种菜成为全村第一个万元户的奋斗、挣扎与骄傲。渗透在全书中的那片爱心，还体现在作者对于人世苦难的体味与同情。她写自己的陈老师就是这样的体贴入微：出身不好，娶妻晚，巴巴结结当上民办老师又不被家人理解，那种受气与窝囊、那种奋争与苦熬，还有为老师转正与退休无忧的庆幸，都让人唏嘘不已。

《纯美时光》还有一个重要特点，是对于自然文学或曰环境文学的贡献。作者用了几乎四分之一的篇幅去写村庄的植物，头刀韭、羊角葱、童年的地瓜、儿时的麦田、马缨、荠菜、野草莓、七七菜、指甲花、桑葚、梧桐、榆树、椿树、老槐树、槐树、核桃林、楝花……不但写，还将它们的成长与村庄的历史、自己的生命紧紧地融合在一处，让这些植物都有着美好的模样、独特的性格与抓人的故事。

还有，就是马庆珍的语言也有着自己的特点：风趣，幽默，白描，充盈着生活的气息。写自己是老大，小时候啥事妈妈都要自己让着弟弟与妹妹，有一次分咸鸡蛋不均，她以去跳井吓唬妈妈，妈妈却笑着说："哎哟！要跳井？耳朵可挂不住井沿子哟！"写妈妈摊煎饼，"火苗在底下舔着热鏊子，也冒出些刺鼻的青烟，汗水在沿着她的鬓角向下流淌"。一个"舔"字，形象而生动。

马庆珍与她的丈夫，都出身于农村，全靠自己奋斗出来。虽然历经不少的困苦，却不改美好的追求，这本书的出版就是一个证明。这也让我增添了写序的热情。只是最后，我还是要提醒庆珍：文学是没有止境的，你才刚刚开始，文字还有稚嫩与浅尝辄止处；清浅明亮固然是一个长处，但以后还是要在清浅处再多思久留一下，多点渊深与重峦，看清"纯美"所依托的整个时代。

2022年11月16日星期三写于济宁方圆垦荒斋

（李木生，山东省散文学会副会长，中国孔子基金会讲师团专家，济宁散文学会、淄博市散文学会名誉会长。发表出版散文作品近300万字，作品曾被《人民文学》《当代》《十月》《大家》《钟山》《花城》《随笔》《新华文摘》等刊物重点推介，并入选《三十年散文观止》《新中国70年文学丛书散文卷》《新中国散文典藏》《中国百年散文》等300余部选本。）

目　录

第一辑　似水光阴

第四辑　草木情深

第一辑　似水光阴

往事小记

四十多年前，我出生在郯城县李庄镇一个叫作"沂东"的村子。这个村子里的人世代以种菜为生。

这个小村，建村不过百余年，以前没有名字，因为是新建的村庄，所以周围的老百姓都叫它"新庄"。直到现在，"沂东"这个名字仍然没有"新庄"传得远、传得响。

这个小村不过三四百户人家，西邻沂河，东至金鸡岭，中间有205国道穿过。据我祖父讲，此处的土层很厚，除了曲阜，就数我们这里厚了。

相比周围的村庄，它既小又新，但是，多年以来，我们村一直是一些姑娘喜爱嫁的村庄。因为嫁到这个村庄，只要不懒，就不缺零钱花。是呢，家家侍弄着小菜园，不求大富大贵，只要身体健康，风调雨顺，日子便有"采菊东篱下"的安然。

春节才过，村民们便忙碌起来，育苗、施肥、浇水……春日的阳光暖洋洋地照射在身上。大棚里的黄瓜茄子还没结果，但是，不久，人们就有可以到集市上换钱的东西了，那就是育好的菜苗！

夏天，别的村庄里还不过是满眼的绿色庄稼；而我们村里，鲜嫩的黄瓜、沙瓤的西瓜、水灵灵的茄子辣椒都纷纷上市了。农人们便用车辆载着它们奔走在去往附近集市的路上。

秋风一起，红根绿叶的菠菜水嫩起来，芹菜的绿茎飞快地变得又细又长，肥硕的萝卜开始顶着翠绿的叶子半露出地面。秋末，村民们便开始打土炕，用黄土夯实，做成四面不透风的墙，然后往下挖半尺，准备将那些过冬的蔬菜窖藏在里面。

雪花飘起来了，村里一片白茫茫，村民们仍然可以有可观的收入，这便得益于秋末打好的土炕。

一年到头，大概只有大年初一才正经闲下来。

这时候，我们这些小孩子便纷纷约上小伙伴到河边沙滩玩耍。沂河自北迤逦而来，在这个地方拐了个弯，然后又向南继续流走了。冬天，河水枯少，又细又软的沙滩是我们的乐园。

选个背风的地方，躺在细软的沙滩上，一边与好友聊天，一边享受冬日暖阳！那是多么的惬意舒爽！

一转眼，四十多年过去了，如今我已经有两个宝宝，大宝已是十八岁的大小伙子了，二宝也三岁多了。可是一回到老家，邻居叔婶大爷大娘们，还是那样地招呼我："丫头，吃饭了没有？"

是的，仿佛我仍然是四十多年前那个扎着小辫的黄毛小丫头！

我也时常在梦里回到故乡，回到小时候。

那一条条熟悉的小巷，那一间间低矮的草房，那一扇扇吱溜溜转动着的木门，那一棵棵开着花的老树，那一串串的红辣椒，还有成堆的麦穰垛，低飞的雁群……

哦，儿时那些趣事、那些美好，都藏在那个叫作"沂东"的小村庄里哟！

小村的夕阳

小村虽小，却有很多可爱之处。尤其是夕阳西下之时，繁忙的农人与菜园里的瓜果蔬菜们一起构成了一幅美丽的风景画。

夕阳金光斜照中，小村里红砖瓦房疏落有致，庭院里鸡鸣犬吠此起彼伏；农民或荷锄而归，或弓腰耕作；农妇们或洗锅淘米，或择菜炒饭，不一会儿就炊烟四起。

袅袅的炊烟冉冉飘向天空，与村子里那些高耸的白杨互相打着招呼，慢慢消失在天边的晚霞里。

春风里，粉红的杏花热热闹闹地在小瓜棚旁盛开着，汲水浇菜的农民奋力绞动着木辘轳，发出"吱吱呀呀"的声音，绳索将水桶升至井台，"哗啦"一声，桶里的水沿着水沟向菜畦不断向前涌动。

小黑狗东嗅嗅，西嗅嗅，在井台旁溜达徘徊一圈，又卧在主人脚边不远处了。夕阳将它的矮小影子与辘轳、农民的影子一起拉得越来越长。

夏日里，烈日的余晖仍旧威力不减。农民们穿的是"两根筋"的背心，有的干脆光着膀子任由阳光抚摸，裸露的皮肤越发黝黑了。汗滴时常从脸上、眼睑上滑过，农民顺手抄起搭在肩上的白色毛巾胡乱地一擦，又在手心里啐口唾沫，长满老茧的双手继续紧握锹把锄杆，又低头劳作去了。

绿绿的菜畦里，有的农妇正带着孩子们戴着草帽斗笠坐在小马扎上忙活着摘辣椒呢！辣椒枝儿软软的，那些油亮翠绿的大辣椒垂在细细的枝丫间。

孩子们还分不太清哪些辣椒是成熟的，农妇便边摘辣椒边轻声指点："看，这种皮儿发亮，用手轻捏，感觉硬邦邦的，就能摘了！"正说着，又发现枝丫间有一个通红通红的辣椒，便又追加一句："这个，都红了！肯定是上次摘漏的！"

　　是的，这个季节，辣椒两三天就要摘一次，要不然，隔上五六天，很多辣椒就会变成暗红色，有的甚至变得通红通红！

　　夕阳渐西，空气也不再那么沉闷，被斜阳拉长的影子里有大人、有小孩子，还有那些在井水里浸了一天的大西瓜。孩子们早就盼望着这凉丝丝的甜品啦！

　　秋阳西下，金色的阳光撒在金色的田野里，菜园里那些翠绿的大白菜、红红的大萝卜、紫色的秋米豆，还有篱笆上那些淡褐色的小山药豆儿，都是那么让人垂涎欲滴。房檐下那些成串的金黄玉米、红色辣椒，与院角那棵柿子树顶挂着的小红灯笼一起书写着丰收的喜悦！

　　冬天来临，夕阳变成鸡蛋黄一样的浅黄色。冷风中，冰天雪地里，小村却依旧热闹非凡，农民们在菜窖里忙着择菜、捆菜、洗菜，准备明天卖菜。闲暇时光里农妇们也不会闲着，她们开始纳鞋垫、绣花样，五彩的丝线里寄托着她们对生活的期望。

　　四时之景不同，小村的夕阳仿佛也在配合着景色变幻无穷，但是它无论怎么变，都不会离开这个小村子。永远不变地斜照着这个小村，给小村带来光明，带来希望，带来小富即足的幸福模样！

雨后小村

夏日，暴雨之后，小村里必定是蛙声四起。

走到村东头，青蛙们或在水沟里游来游去，或在岸边蹦蹦跶跶，鼓着腮帮，"咕呱咕呱"竞相高歌。

天空还是阴沉沉的，偶尔有雨丝飘落下来，地上到处湿漉漉的，菜园子里的辣椒茄子们早已东倒西歪。

偶尔，空中会传来一两声小公鸡的鸣叫。这个时候，春天养下的小鸡仔这会儿刚刚学会打鸣，声音还没有那么洪亮，有的还有点沙哑："高——高——楼——"

知了自然也闲不着："知了——知了——知——知——知——"

几处炊烟从红色瓦房顶升起，女人们已经开始做饭了。

小孩子们可顾不到这些事情，他们心里想的是那些水沟里的小鱼小虾，还有那些正准备爬出地洞的知了猴。

是的，沟满河平的季节，小鱼小虾自然多了起来。

地里的活还不能干，男人们便加入了孩子们的队伍。他们端出洋瓷盆，拿着铁笊篱，再扛上铁锹，挽起裤脚，与孩子们一起在混沌的泥沟里捞小虾、捉泥鳅。不用说，这也算是劳动成果，如果运气好，今天的午饭桌上就会多出一盘可口的油煎小虾、一盘红烧泥鳅！

挖知了猴的队伍里，往往也有父亲们的身影。

他们给孩子们讲解着哪些地方容易出知了猴，怎样发现知了猴的小洞。于是，村西的树林里，就会出现几个猫着身子，认真在地面上搜索

"宝物"的身影。

认准了，用铁锹轻轻挖去上面的一层薄土，或是用指头往里面抠，那些小洞便豁然变大，躲在里面弓着身子的知了猴便呆头呆脑地爬出地面，成了人们的囊中之物。

如果暴雨连日，树林里还会生出另一种"宝贝"：长在老树枯枝上的蘑菇。我们当地管它们叫"蛾子"。

记得有一年夏天，母亲有好长时间不在家，做饭的任务落到了父亲身上。他便别出心裁，专门到树林里采了"蛾子"，给我和大弟煲了一锅蘑菇汤。那是我第一次吃蘑菇呢，鲜香的味道，到现在还记得。

但是树上生出的蘑菇，并不都可以吃。父亲给我们的忠告就是："越好看的蘑菇越有毒！"后来等我长大了，学生物的时候，才知道他讲得非常有道理。

的确，色彩斑斓的蘑菇往往是吃不得的，只有那些颜色单纯，要么纯白，要么土灰，朴素不起眼的蘑菇，才是没有毒的。

吃过早饭，乌云渐渐散去，阳光从云朵里照射下来，小村子便焕然一新。

树叶更加翠绿了，屋顶的红瓦似乎也变得亮晶晶的，菜园里的茄子也更鲜亮了，红红绿绿的辣椒也动人了。

不一会儿，酷暑的热气又让小村子进入了另一种状态。

小村的盛夏

盛夏的农村，空气是潮湿的，树叶是潮湿的，庭院里的泥土也是潮湿的。

如果下过很大的暴雨，天井里的泥土就会变得非常松软。散养的母鸡，散漫地走过，"咯咯哒，咯咯哒"，一边踱着方步，一边唱着歌，向人们宣告着自己的功劳。不须多问，它必定已在锅屋的草堆里产下了一枚热乎乎的鸡蛋。

母鸡走过的地面，留下一连串的"竹叶"。是的，鸡的爪子在地面上留下的痕迹特别像竹叶！

倘若看到母鸡留下"竹叶"，我们这些小孩子就不敢在这上面奔跑跳跃了。经验告诉我们，一不小心我们的鞋子就会陷进泥里。

那时候我们穿的是塑料凉鞋，鞋帮和鞋跟之间容易开裂。尤其是后脚跟处的鞋带，最不经折腾。

于是我们这些小孩子的凉鞋，经过母亲的加工——用刀将后跟处的鞋带削去，就变成了走起路来"踢踏踢踏"的拖鞋。

其实就是这个拖鞋，很多小孩子也不愿意穿。光着脚在泥土地上蹦来跳去，那是多么的轻松自由！

但是也有危险！

因为夏天到了，很多树会招一种虫子，浑身长满绿刺儿，我们当地管它叫"蜇毛子"。它们绿中带黑的刺儿如果碰上皮肤，就会钻进皮肤里，让人痒痛难忍。脚掌上的皮肤是比较厚的，但是脚心和脚趾处的皮肤是娇嫩的，一旦碰上这黑刺，就可能两三天都不敢走路。

于是母亲便不得不想很多办法把刺儿挑出来。

有时候用缝衣针挑；有时候便和了面团，反复淘上几遍，取出其中非常黏稠的面筋来粘刺。

这种面筋，也是我们粘知了的重要材料。

夏天下上几场雨，知了猴们便纷纷从土中爬上树梢，摇身一变，长出透明的翅膀，在浓密的绿荫一起此起彼伏地引吭高歌："知——知——知了——"

夏日午后，小孩子们便带上淘好的面筋和长长的竹竿，到河堰西侧的树林里粘知了。

这种游戏，需要极大的耐心，当然更需要超好的眼力。

将面筋粘在竹竿的顶端，用手拿着竹竿慢慢地慢慢地向趴在树枝上的知了靠近。待到近了，猛然一戳，才能将知了粘住。

将粘在面筋上扑腾着翅膀的知了拿下来的心情，自然是无比喜悦的。

但是，有时也会失手。

只听"呲——"的一声，知了振翅高飞而去。同时，从高空坠落几滴液体，我们称之为"知了尿"。

知了没有粘住几只，已经汗流浃背，孩子们便"转场"到河边去洗一洗。

倘若是发大水的时候，沂河水汹涌澎湃，浑浊不清，是没有人敢下河的。

但是过不上几日，沂河的"怒气"便消失殆尽，重新变回了温柔娴静的"小姑娘"。

树林西边有一片很大的沙滩，近处的沙滩上长满了野草，靠近河的地方，沙子就特别细腻。

小脚丫踩进这些细腻的沙子里，软软的，十分舒服。

河里还有一种很小的鱼，总也长不大。我们叫它"沙里趴"。

哦，我真希望自己就是一只沙里趴，在沂河的水里游来游去，永远也不长大！

推磨

小时候，石磨是磨面糊必不可少的工具。

煎饼是我们这里的主食。将粮食磨碎成面糊，放在鏊子上烙成薄如纸张的饼，就是煎饼了。其中最重要的一道工序就是磨面糊。

那时候，人们就是用石磨磨面糊的，而煎饼几乎两三天就得烙一次。

因而，推磨成了我们隔三岔五就必须完成的"任务"。

往往，天不亮母亲就开始刷磨台了，接着就喊我们起床推磨。

就算困得眼睛都睁不开，我们也得从被窝里爬出来，然后双手抱着磨棍，闭着眼在磨道里一圈又一圈地转着。

尤其是冬天，从热乎乎的被窝里来到冷冰冰的磨道上，抱着冷冰冰的木棍，心里有一百个不情愿，却又无可奈何。

有一次，我竟然抱着磨棍睡着了，一个趔趄，差点把磨顶上的瓷盆给打碎了，为此被母亲狠狠批评了一顿。

石磨很重，至少几百斤，所以一般由两个人推。

通常，我们姐弟仨轮流给母亲当帮手。

母亲除了推磨，还要添磨。就是从磨顶上的瓷盆里一勺一勺舀出泡在水中的粮食，然后倒进磨眼里。

粮食和水从磨眼进入两个大磨盘中间的磨齿间，就被磨成了细细的面糊。

大约在我读高中的时候，村里建起了电磨房，母亲便将粮食送到那里加工成面粉，然后加上水和成面糊。

这样一来，烙煎饼就基本用不着推磨了。

但是，石磨仍然是家家户户必不可少的工具。

因为，每到春节前，推磨做豆腐几乎是每家的"标配"。

黄豆经水泡好，比玉米小麦等粮食好磨多了，因而推起磨来很轻快。

这时的推磨简直成了我们期待的乐事，因为很快就能喝上豆浆、吃上鲜嫩的豆腐了。

看着金黄的豆子从磨眼里缓缓漏下，又吹着泡泡变成白白的浆汁，汇聚在大铁桶里，我们的心里便乐滋滋的。

那个年代，一年到头吃不了一顿肉，豆腐也是稀罕菜。但是，过年了，每家都会置办年货。其中，豆腐是必不可少的！

做上一板豆腐，就可以包白菜豆腐饺子、炸豆腐泡、炸萝卜豆腐丸子，最关键的是能喝上一顿三汁糊豆。

糊豆，就是加了面的稀粥。所谓三汁，就是豆腐渣过滤第三遍的豆浆。此时，豆浆已经很稀，但加上面，烧开锅，糊豆里混合了黄豆和粮食的香气，有一种更加醇厚的香味。

现在，临沂城里前十街也有卖这种粥的，名字叫"苍山带豆粥"。

每到周末或假期，我便带着孩子到这家店"拉馋"。

盛上一碗，轻轻咽下一口，扑鼻的香气就开始变得悠长起来。

在这悠长悠长的香气里，我仿佛又回到了儿时，回到推磨的那段悠长岁月里。

粗茶淡饭

我自幼生活在农村，父母也都是地地道道的农民，家里经济条件不是很好，所以我对吃不是特别讲究，总觉得粗茶淡饭吃饱就行，以至做出的饭菜标准也是熟了，能吃就行。

每每提起这种理论，就会被孩子他爹痛斥一番："明明是你做饭不用心！"

刚开始我还不服气，总要和他争吵上几句。后来，经过几十年漫漫时间之河的考验，发现他说的还是挺有道理的。

确实，做饭也是需要用心的。

用心做，就会讲究火候，讲究食材的先后次序，讲究肥瘦搭配，讲究色香味俱全。

可是，在小村子里生活了二十多年，我一直就是那样粗茶淡饭，我做饭的方法都是父母认可的。

这大概要追溯到父母对饮食的讲究程度，也会追溯到父母给我养成的饮食习惯，当然也可能与个人性格有关。

大概从上初中开始，我突然间恨不得把自己裹进茧壳。我不喜欢穿新衣服，对吃东西也不太讲究，就是煎饼咸菜棒也觉得很香，唯有一样不可缺少：那就是要读书要学习！

这种思想是从哪里来的呢？

以前我还没有仔细琢磨过，但是后来反复考虑，应该还是和父亲的教育有关。

父亲是一个不苟言笑的人，甚至还有点古板。

有意无意之间，他的话让我记了一辈子。

"衣服，干干净净就行，千万别穿得花里胡哨的！"

"少和别人乱开玩笑，要不然得不到别人的尊重！"

……

其实，父亲自己就是这样一个人，他希望孩子也能成为这样的人。

粗茶淡饭，就是对物质要求不高。于是，对精神的要求就会高一点。

马斯洛认为，人的需要由生理的需要、安全的需要、归属与爱的需要、尊重的需要、自我实现的需要五个等级构成。

显然，吃穿是处于底层的生理需要，而被人尊重则属于高层。

所以，我常常自诩：我是一个脱离了低级趣味的人！

其实呢，如果有比较可口的饭菜，我也并不讨厌，有时还很喜欢。由此看来，能够做出精致美味的饭来，我也是很羡慕的。

只是，好像我不具备这方面的才能，抑或说我对此并不看重，吃得差一点也不太要紧，只要卫生干净就好了。

孔子所说的"食不厌精，脍不厌细"，我还是做不到。

其实粗茶淡饭的生活态度，也不是坏事。顺其自然，吃饱就行！最起码，好养活！这样，对做饭的人没有很高的要求，对方就不会有很大的压力。

如果你来做饭，吃饭的人总是挑三拣四，今天批评，明天责备，做饭的人往往就失去了耐心和信心，久而久之，就不想做饭了。

其实，这种方法和态度也可以用在教育孩子上面。

顺其自然，不过于求全责备！

否则，孩子的成绩再好，你总不满意，就会让他丧失信心，找不到学习的乐趣。

现在想来，粗茶淡饭的态度，正是现在提倡的"简"生活。我喜欢这种生活，不必太刻意，随遇而安！简简单单，轻松而又自然，那有多么惬意！

愿大家都能够在粗茶淡饭中品得人生况味！

"扒眼子"糊豆

"喝——热——粥——"

这个带着稚气拉着长腔的声音经常回响在我的耳边。十多年前，我们夫妻俩就是被大儿子这一嗓子给喊晕了。

那时大儿子才一两岁，刚学会说话，通常都是单个单个的字往外蹦，偶尔说出两个字也都是重叠的，比如"爸爸""妈妈"之类的。这次是三个字，明显进步了，但是我们都没听明白这三个字是什么。

当时，我们两个人大眼瞪小眼，互相问对方"他吆喝的是什么？"那时因为要断奶，就把他送回苍山老家，让奶奶照看了一个星期，这才接来第一天，就变化这么大？难道是跟着爷爷奶奶学的？我们从来也没听见他们两个人这么吆喝过呀？在一片疑惑中，我们继续盛饭吃饭。端起饭碗时，我突然恍然大悟：噢，是"喝热粥"这三个字！

原来，住在农村的婆婆经常给他买粥喝，以至于每到吃早饭的时候，那个推着车子家什走街串巷卖粥的老大爷，就停在她家门口大声吆喝上这么几嗓子，正在做活的婆婆赶紧开门买粥，于是儿子就学会了！回到我们家，估计一看到饭碗，他就想起了这些。

说到这种粥，就是将磨好的豆浆煮熟再放入小米面，然后再熬开锅做成的一种稀饭。喝的时候，就着一小盘咸豆。这种咸豆，是先把黄豆炒好，然后放在盐水里煮。这样，粥有淡淡的清香，再就上清脆的咸豆，那可真是美味啊！想一想，喝上一大口粥，待淡淡的清香滑过喉咙之时，再嚼上一粒嘎嘣脆的咸豆，香喷喷的味道便愈加醇厚悠长了。这好似一幅淡淡的水墨画,远处山山水水模模糊糊,却清新可人;近处则是一位渔翁正在手持鱼竿将钓上的鱼儿往篓里放,那鱼鳞都看得清清楚楚哩!

现在,在临沂城里,有不少早餐点都会卖这种粥,名字叫"苍山带豆粥"。我们全家每过一段时间就会买些来喝。有空闲时,我也自己做些。

其实,平时我们都管粥叫"糊豆",就是在开水里下上玉米面之类然后再烧开锅做成的一种稀饭。小时候,生活在农村,天一冷,我们家一天三顿都离不开它。有时会在开水里煮些红小豆、豇豆之类的,这样喝起来会嚼到面面的豆豆,味道也是很香的。

为什么叫"糊豆"呢?我曾专门就此问题请教过很多老年人,他们都说不出个一二来,好像也没有这方面的著作论述之类的。我想大概就是面糊糊里有些豆豆的意思吧。

因为是家里唯一的女孩子,烧火做饭的活,母亲总是让我跟着学。十多岁时,我便开始独立做饭了。所以,做糊豆是我每天必修的功课。

没出嫁前,家里只有我一个喜欢喝"厚糊豆"(就是更稠些的粥)。但是,控制好粥的黏稠度,并不是那么容易的,又加上做饭的大权掌握在我的手里,难免有些私心。平时我就尽量满足全家要求,偶尔也会照顾一下自己。这时,母亲常常笑着说:"又做了'扒眼子'糊豆!"此时,弟弟们便有些抱怨起来,父亲和母亲的脸上则流露出的是无可奈何的宽容。

为什么获此"殊誉"呢?母亲这样解释:"太厚了,喝不动,喝一口得用力睁大眼才行!"我们这些小孩子们闹着玩吓唬对方时,常常用手用力把下眼皮往下拉,眼睛就会变大,模样十分恐怖。我们称之为"扒妈眼"。听了母亲的命名,我不但没生气,反倒有一种成为"注册商标"的自豪呢!

后来,等我当了母亲,儿子稍微懂事时,我便将"扒眼子"糊豆的故事讲给他听，他笑得很开心，还在喝稀饭时故意把眼睛睁得很大，惹得我们夫妻俩笑个不停。转眼十多年过去了，如今，儿子的个头都和爸爸一般高了，我们家餐桌上仍然顿顿少不了各种糊豆的身影。

当然，每当不小心熬稠了的时候，儿子便会情不自禁说起和母亲同样的话来："又熬了'扒眼子'糊豆？"

屋里顿时充满了笑声。

学烙煎饼记

煎饼是我们家乡的主食，小时候，如果家庭主妇不会烙煎饼，全家人就吃不上饭了。

父亲为了防止我将来到婆家受欺负，从很小就让妈妈培养我做饭的本领。

刚开始的时候是让我学着蒸馒头、包饺子，这些活对我来说都比较好玩，因为可以坐在小板凳上干，又有母亲在旁边聊天，我便觉得这是一种游戏，不知不觉中就学会了。

但是烙煎饼这种活，我一看就生畏。

鏊子是一个很难服侍的家伙。因为鏊子腿很矮，人必须蹲坐在地上使用；而且鏊子面积很大，如果受热不均匀，也就是烧火烧得不好，鏊子上面的煎饼就会有的熟，有的生。还有一点，在摊煎饼时，如果赤板子（锅铲）用力不均，煎饼也是有的地方厚，有的地方薄，那就麻烦了。

最关键的是，烙煎饼这个活需要耗费很长的时间。

记得母亲往往是天刚亮就开始烙，一直到太阳升起两竿子高了，她还坐在鏊子前呢。烟熏火燎的不用说，那时候既没有空调，又不能用风扇，尤其到了三伏天，可想而知母亲得流多少汗。

所以当父亲让我学烙煎饼时，我就是不想学。

母亲也替我辩解："学什么烙煎饼呀？等将来出了门子（出嫁）.就自然会啦！我没关门之前也不会烙煎饼嘛！"

父亲则非常坚持："早点学会，就能少受罪！将来到了婆家，人家要是不帮着烙，也不教，咱闺女还不是得受气？"

母亲无语了，当年她就是这样过来的，她当然不希望女儿再遭自己这种罪。

可是我还是不想学烙煎饼，就给自己找理由："不行啊，我烙的煎饼肯定厚，没人吃！"

父亲赶紧鼓励我："没人吃，我吃！"

看来实在没有退路了，我只好答应学烙煎饼。

记得那是高考结束之后，成绩还没出来之前。

我也学着母亲的样，先找块头巾包在头上，然后支起鏊子，坐在鏊子面前的草垫上，点燃麦穰塞进鏊子底，再用板子将磨好的面糊从黑瓷盆中铲起，放在已经烧热的鏊子上，然后左一下右一下地用力摊开。

结果顾了这头，顾不了那头。一会儿鏊子底下的火灭了，一会儿面糊滴到鏊子下面去了，我手忙脚乱，还被锅屋（厨房）里的青烟熏得直流眼泪。但我还得坚持，因为父亲搬了张小板凳，端端正正地坐在我旁边鼓励我："别着急，慢慢来！""没事，一回生，二回熟！"

好不容易烙熟了两张煎饼，我一看，跟油饼差不多厚！

这哪成呀？

我只好又把它翻过来再烙一遍，总算是熟的，能吃。

父亲并不恼怒，他拿起我烙好的厚如油饼的煎饼便津津有味地吃起来，还不停夸奖："哎，还不赖！挺好吃！挺好吃啊！"

母亲在一旁看着，笑得眼泪都出来了！她说："行了，就先烙这几个，别给我浪费面糊了！"

一听有人给我台阶下，我立马逃离了热鏊子。

一出锅屋，我就赶紧将包在头上的头巾扯下来，深深地吸了几口锅屋外面的清新空气。

幸运的是，没等到第二次学烙煎饼，我的大学录取通知书来了。

父亲这才放过了我："行，这回不烙煎饼也行了！"

是的，那个时候只要考上学，工作就包分配，就是所谓的"吃商品粮"了。父亲说："吃商品粮的人，就不用烙煎饼了，可以花钱自己买！"

转眼二十多年过去了，学烙煎饼的情景仍然深深地烙在我的脑海里。

现在想来，这正是父亲的良苦用心啊！

换豆腐

"热豆腐——"

太阳升至屋脊了，清脆的叫卖声越来越近。我停下正在涮"糊子"盆的手，歪头听听声音传来的方向，顺便拿眼睛瞄一瞄正在鏊子前忙活的母亲："娘，卖豆腐的来啦！"

热气腾腾的鏊子前，裹着蓝布头巾的母亲正用力将赤板子左一下右一下地把那些面糊子往前赶着，每到鏊子边缘处便收住，然后进行一百八十度大调头。"嗒……嗒……"赤板子与鏊子边的轻微碰撞声中，摊在热鏊子上的面糊正慢慢凝固成面皮。火苗在底下舔着热鏊子，也冒出些刺鼻的青烟，汗水在沿着她的鬓角向下流淌。母亲头也不抬，说："端干瓢里那些豆子去换豆腐吧！"

来到西屋那个大黑瓷缸前，我乐不可支地端起放在盖顶（一种用高粱莛子做成的圆形平板状盖子）上的干瓢，里面盛着母亲提前用簸箕簸好的黄豆，快步走向大门口。

吆喝声已经从巷子东传来，再一看，豆腐挑子就要到门口了，我赶紧招一招手："哎，这里！"那个皮肤白皙的小媳妇便挑着上下颤动的扁担来到大门跟前，放下扁担。扁担两头的两个柳筐都稳稳地落在地上。一个筐里是石头和杆秤，另一个筐里是冒着热气的一板豆腐。

她麻利地将我干瓢里的黄豆倒入秤盘里称好，秤杆的头稍微有点低垂。我凑近看了看秤杆上的秤星，她便说："二斤一两，抬不起头，是吧？"我点点头。她便将黄豆倒进装着石头的袋子里，然后再用干净的布擦一下手和秤盘，用刀子轻快地切下一块豆腐放入秤盘："一斤六两！都拢不住砣啦！"是呢，秤杆高高地向上翘着，那秤砣系儿就要向下滑去了。

我欢天喜地地端着豆腐回到锅屋门口，呵呵，今天能吃上韭菜豆腐馅的塌煎饼啦！

雪花膏

窗外，雪花在飘，我突然想起了雪花膏。

雪花膏是少年时代唯一的化妆品，闻起来都是香喷喷的，我们叫它"香香"。

为什么叫雪花膏呢？一直以为是因为它们能把脸儿变得雪白雪白的。结果，请教了一下"百度"老师，才知道，原来是因为它们一搽在脸上，白色就很快消失了，就像雪花融化一样。

母亲是个极为朴素的人，她一辈子没用过"香香"，她只用防止手脚干裂的"蛤蜊油"，就是一根圆柱状的油脂棒，好像也没有牌子，有大拇指那么粗，长约五六厘米，外面用塑料纸包着，也没什么香味。直到现在，我们回家给她带些"大宝"或者"隆力奇"蛇油膏之类的，她总是笑笑："这些雪花膏，都太香了，不好闻！"她对这些化学香料一概不喜欢。

上初中以前，我的活动范围仅限于三四个小村庄：沂东，青山，彭道口，李庄。其中，李庄是最大的，也是乡镇驻地，但是，那里人多，我通常也只是跟在母亲身后而已。所以，那时的我一直都以母亲为榜样：以清水濯面，以"蛤蜊油"润肤。

上初中后，我在李庄镇中心驻地住校。周围的女生都香喷喷的，爱"臭美"的我，便也学她们，花一块钱买了一盒"牡丹牌"雪花膏。这是一只圆饼状铁盒，和手掌心差不多大，上面还覆着一层锡纸。揭开锡纸，用手指挑出一些放在手掌心里，白白的，香香的，搽在脸上，心里也是香喷喷的。现在想起来，似乎还能闻到那种香味呢。

到后来，"可蒙""宫灯""百雀羚"陪我走过高中和大学时代。参加工作后，经济上宽裕了，便开始尝试各种"新贵"，也曾醉心流连于美容院。但是，后来发现，皮肤越来越敏感，一见太阳就会起红疙瘩，又痒又痛，十分难受。后来专门找医生看了看，原因就是那些化妆品里要么含铅过量，要么就是乱用激素。所以，最后，我还是又重新开始审视自己：爱美之心，人皆有之，只是，还需慎重考虑一下，为何而美？为谁而美？是"削足适履"，还是自然舒适？

年过不惑，终于慢慢总结出一条规律来：其实，真正适合自己的，并不一定是贵重的。正像鞋子：舒适，才是最重要的！那些尖尖的高跟鞋，看起来光鲜动人，多姿多彩，却不知脚要付出多大代价！其实婚姻也是如此！

如今，进入商场，我的眼睛总是越过那些琳琅满目五彩缤纷的名牌，直接走向那些角落里的小柜台，寻找它们的身影："可蒙""宫灯""百雀羚"。

任凭售货员们的高声叫卖和鄙夷的眼神在身后闪烁，我依然神态自若地走向那个落寞的角落，就像去寻找一个多年的老朋友，虽然其貌不扬，却始终是那样踏实，那么亲切自然。

可惜的是，再没见过"牡丹"！

"打拐"

"打拐"，是一种游戏。

这个"拐"，不是拐卖的拐，是拐杖的拐，就是我们小孩子将自己的一条腿折叠起来用单只脚站立的样子。

那时候，我大概六七岁，正是男孩子女孩子性别意识不明确的年纪，但是，游戏是分男女的。一般来说，男孩子都喜欢"打拐"、爬树、倒立、"打腊门"等运动量大的游戏，而女孩子则喜欢踢毽子、抓石子等小游戏。

可是，我偏偏喜欢男孩子玩的游戏。于是，我常常加入"打拐"的行列。

"打拐"，一般有两种折叠腿的方式，一种是将小腿自然向后弯曲，与大腿重叠，形成直条形；另一种是将一条小腿向内弯曲，搭在另一条腿的大腿上，形成三角形。直条形的简单灵活，省力气，另一条腿会更加自如地跳，但是战斗力差。三角形的则如同拥有了坦克级别的战斗力，只要方向准，对方绝对不敢掉以轻心。

这对游戏者的体力和单足的弹跳力以及耐力是一个很大的挑战。当然，个子高、长得胖也是很大的优势。毕竟，双方比试的是"拐头"（膝盖）瞬间的冲撞力量。

现在想来，我当年在同龄人中应当算是长得比较结实的，要不然绝对不敢应战。

七八岁，也是正刚刚开始记事的年龄。在我的印象中，我喜欢用三角形的"拐",一般是用左脚跳,但是也会用右脚跳。我的对手好像通常就是我们那条老巷子里的那几个男孩子,有的我要叫哥哥,有的则要称呼叔叔。可是,"战斗"起来,哪还有长幼高低之分。虽然我算不上"常胜将军",却也并非一直是别人的手下败将。

当然,这个"战斗"群体中,并非只有我一个女孩子,我家的一个堂姐也是一位"豪杰",她当年就是我的"大姐大",她比我更加像男孩子呢!有了她的庇护,我"战斗"起来就更加勇猛了。

现在想来,当年那个扎着马尾辫子的黄毛小丫头一跳一跳地搬着一条腿的样子是多么的可爱啊!我仿佛仍然能够听到她那沉重的呼吸,依旧能够感受到跳动时足弓上的压力,依旧可以看得见她眼前那些嬉笑的少年……

可是,一转眼,我们都已经"奔五"了,镜子里鬓角华发已丛生,皱纹也堆满眼角!听说当年那些少年都已经有抱孙子的了!我那个堂姐家的小孙女就已经四五岁了!

"白发三千丈,缘愁似个长,不知明镜里,何处得秋霜?"我儿时最先背会的就是李白的这首古诗。可是,那个时候,哪有什么惆怅?哪有什么愁肠?更不懂得白发与忧愁之间竟然有如此密切的"渊源",真的是"少年不识愁滋味"啊。

可是,等到真正感悟到诗句的魅力时,口中只能"却道天凉好个秋"了!

现在,我家二宝快四岁了,比那个堂姐家的小孙女还小一岁呢!再过两三年,他们都七八岁的光景时,让两个小孩子再聚在一起,玩一玩我们当年的游戏"打拐",可好?

"跳井"

井，是儿时生活的重要场景。

"当天井"，则是我们当地对院子的称谓，这里是儿时的乐园。那时没有水泥，所有的"当天井"都是泥土的。地面很平整，是大人们用"碌碡"（liùzhóu）（一种石头做成的压路工具）一遍遍碾压结实的。我们这些小孩子便用树枝在地面上画出格子，再用小石头在格子上玩游戏。其中有一种游戏叫"跳井"。

图案很简单，总共两横两竖，是个"井"字，然后在空格里有的画圆圈，有的画叉号。双方"剪子包袱锤"决定先后顺序，然后各持一块小石头，在方格直线的交会点跳动，最后无路可走的一方，便输了。蹲在地上，我们这些小孩子玩得不亦乐乎，乐此不疲，腿麻了也不觉得，有时干脆就直接坐在泥土地上了。

玩得这么入迷，即使周围有很多"噪声"，我们也是听不见的。任由老母鸡"咕咕咕"地在附近带着鸡宝宝们觅食。偶尔，不远处的锅屋里传来"咯嗒，咯嗒，咯咯嗒——"的声音，保准是那只芦花母鸡下了蛋，在邀功呢！"吧嗒"一声，一朵梧桐花落在地面上。"吧嗒"又一声，梧桐花正巧砸在我的脑门上，用手挠挠那个被砸中的地方，继续玩！

做好饭的母亲唤我们吃饭了。无非是糊豆和煎饼，再来一盘青菜萝卜、一盘咸菜疙瘩，再放上几棵洗净的大葱，这便是美味了。

芒种时节，要割麦了，那些放在坛子里的咸鸡蛋便会被捞出煮熟。当八仙桌上有一盘切好的咸鸡蛋时，我们姐弟仨的眼睛便不停地往这个地方聚焦。算一下，一人两块，还剩两块；一人三块，又缺一块。母亲便劝我："你是老大，让着弟弟！"我一听便嚷嚷起来："什么好的都得让着他们！偏心眼！我要去跳井！"因为前几天，刚听说村里有个小媳妇和婆婆吵架，想不开，要跳井自杀，好不容易被人救活了，所以我便学会了以此要挟母亲。母亲便笑了："哎哟！要跳井？耳朵可挂不住井沿子哟！"说着把她自己那块放在了我的面前。一瞅见那流着油的蛋黄，我赶紧用筷子夹住，卷进煎饼里。我一边嚼，一边用手摸摸耳朵，暗自揣摩："是呢，耳朵是软软的，耳朵根也不硬，确实没法挂在井沿上！"

嘻嘻，有好吃的，有好玩的，有母亲的疼爱，跳什么井呢？

现在想来，小孩子的想法单纯而又任性，只顾自己，却看不到母亲的付出，也完全没有作为大姐的宽容和谦让！

哎，童年，我们曾让父母操了多少心，费了多少周折，才明白做人的道理啊！

辘轳·女人和井

　　记得这是一部电视剧的名字，主题歌演唱者韦唯那浑厚悠扬的腔调仿佛仍然回响在耳畔。

> 白涯涯的黄沙岗
> 挺起棵钻天杨
> 隔着篱笆有一座
> 海青房
> ……
> 女人不是水呀
> 男人不是缸
> 命运不是那辘轳
> 把那井绳
> 缠在自己身上
> ……

　　井是小村里必不可少的饮水之源，也是浇菜灌溉必不可少的"基建"。井是我儿时的最深的记忆。

　　在我们老家屋后排原先有一口老井，井台是用巨大的青石垒起来的，井身是用红色的条石垒的，因为有些岁月了，所以石缝里会长出一些青草或小树枝来。

我们附近的几十户人家都到这口井挑水吃。用肩膀担起扁担，扁担的两头挂着两个铁水桶，手里还要拎着绕成几圈的粗粗的井绳。

大人们技术纯熟，只需把水桶的"系儿"挂在井绳下端的铁钩子上，将水桶沉到水井里，左右用力晃几下（我们当地称为"泛"），水桶里便装满了水，然后再拎上来就可以了。

但对孩子们来说，"泛"是一个很难的技术活。因为一不小心，水桶便会从铁钩子上脱落，沉入井底。

于是，半大的孩子们学提水，先要将水桶"系儿"绑在铁钩子上，或者用力将铁钩子口儿捏小，让水桶"系儿"无法脱落，这样就可以放心地左右"泛"了。

当然，浇菜，也离不开井。老菜园里，也会有那么几口用石头垒起来的深井，新开辟的菜地里，井没有那么精巧，不过是挖得很深的土坑罢了。

站在井边提水浇菜，不像往家里挑水吃那么简单，两桶就够了。一分地至少也得几十桶水。因而，这需要菜农们练就一项最基本的功夫：扎马步！

只有两脚稳稳扎住，才能不断将一桶一桶的水拎上来。待一块菜地浇完，提水的人早就累得腰酸腿痛手发麻了。

不过，从我记事起，我们村里人浇菜慢慢开始用起了辘轳。

那是二十世纪八十年代早期，整个沂蒙老区还在用煤油灯呢。于是水井上纷纷架起这些吱吱叫的家伙，取代了农人们站在井台旁扎着马步用井绳吊着水桶一下下往上提水的辛劳。

辘轳架子终年保持着扎马步的姿势，把自己的两条木头腿扎根于一米之外的泥土里，将一根木轴横在井口之上，等待着人们来打水。

但是辘轳、井绳和水桶是需要各家自己购买的。

刚开始，我们家还没有买这种装备，我只能远远地观看，这种先进设备用起来好像根本不需要"泛"这个动作，我很是好奇。后来，我们家也买来一副这样的先进"家什"，我终于得以仔细地观察了。原来，这种桶虽然很大，但它的桶底是尖尖的，不像家里挑水用的水桶那样是平底的，所以它一碰到水面，便自动歪倒了，根本不需要做"泛"这个动作！而且，大水桶是牢牢地系在绳子上的，而绳子呢，则是一圈一圈地绕在辘轳上的，所以根本不会有"脱钩"之虞。

其实，辘轳就是一根带着摇把的空心木棒，口的两头嵌入一个有很多小钢珠的砂轮。砂轮是辘轳的另一项核心技术。有了它，人们水平摇动转圈，就可以控制井绳上下了。

自此，我家浇菜这个工作，力气节省了一大半，速度提高了一大截。

只是，这个水桶是特制的，比普通的水桶大出两倍还要多，它盛着满满的水来到地面上时，足足有百八十斤，想把这个大家伙从井口移到水井旁，仍然需要很大的力气。

所以，在沂东村，壮劳力才干得了这种笨重体力活。

但是，我母亲干得很好。她的力气很大，平时收麦子时，她就能够扛动一袋八十多斤的麦子和父亲比赛呢！

只见母亲一只手叉在腰上，另一只手轻扶着辘轳轴，任水桶自由下坠，摇把开始在她左侧转动着，"嗖——嗖——"，卷在轴上的绳子越来越少，一直到"啪"的一声，桶碰到水面，然后歪倒浸入水里，盛满水，口向上浮了起来。这时，母亲双手奋力摇动摇把，"吱——吱——"，随着轴上绳子圈数的增加，大水桶离地面越来越近。待桶的尖底微微高于井台时，母亲左手攥住摇把，右手拉住桶上的绳扣，猛地一晃，桶底稳稳落在地面，顺势一松，桶又慢慢歪倒了，里面的水哗哗地沿水沟流向菜畦。清澈的井水便哗啦啦在小水沟中向前流动，一直流到绿绿的菜畦里，蔬菜们咕咚咕咚地喝着水，变得越发水灵了。

擦一把汗水，母亲又开始重复起刚才的动作来。

时光荏苒，这些可爱的家伙陪我们全家度过了十多年的美好时光，接着就被更为省力的抽水泵取代了。电气化时代来临了，辘轳们只好纷纷退休！

现在，再回老家时，再也见不到它们的身影了。大概它们早已被人们支解，变成柴火，为美食服务去了吧。

那些架在水井口的辘轳，那吱吱叫的声音，还有母亲奋力打水的身影，永远刻在了我的脑海里。

如今，母亲已是七旬老人，谈起这些事，她还是会很自豪地笑笑："嗯，那会子，满庄上找不出几个妇女能干这活的啦！"

母亲那满脸的皱纹就像秋天那辘轳底下井台旁那盛开的雏菊花一样美丽。

汲水浇菜

淡水，是人类离不开的资源。因而，水井与人类相依相伴数千年。要想种出水灵灵的瓜果蔬菜，淡水也是必不可少的。所以，村里大大小小的菜地，隔不远就会有一口水井。

小时候，跟随大人们一起去菜园，总会被叮嘱千万遍：不要到井边玩！

十多岁时，母亲开始教我怎么从水井中汲水。

水浅的菜地，通常是土井，没有石头砖块垒砌，所以看起来是一个口很大、水很深的水坑。水深的地方，因为怕土层崩塌，都用红色的大石头从井底一块块砌上来，然后用在井口附近用青石垒成井台。这样既方便又安全。

站在井沿边上，用扁担或井绳上的铁钩挂住水桶，伸入水井内，猛地向下一甩（土话叫"泛"），水桶便倾斜着慢慢浸入水中，此时，要眼疾手快，在水桶快满时，赶紧将其拉上来。这可是个技术活，弄不好，水桶就会掉进井里。因为铁钩是半闭合的，眼睛与手劲配合不好，水桶的"系儿"就会从中脱落。所以，试了很多次我才敢自己操作。水桶很沉，如果是近百米的深井，只能用长长的井绳一点点往上揢。这个时候，必须气沉丹田，半蹲着，如同拳术里的扎马步，右手一次次拉揢井绳，左手一次次承接住绳子，两只手也要配合好才能稳，不然，左一晃，右一晃，水桶里的水就会洒出来，那可就是"事倍功半"了。最后快要出井口时，再猛地往上一提，同时往外一甩，一桶水便立在了井沿上，这才算完工。

菜地里，那些绿绿的小葱，那些带刺的黄瓜，那些圆滚滚的西瓜，喝了水井里的水慢慢长大。

浇菜时，我们这些小孩子，主要任务是看水沟。水沟，就是两边用泥巴堆起的小土埂形成的小"堤坝"。长长的水沟将井水引到菜畦。因为水流有大有小，流得急时，水便会从"堤坝"上漫出来；有的地方因为蚯蚓们钻了洞，水便"跑"掉了。小孩子们便攥着铁锨，沿线巡查排除这些"险情"，一见有水从水沟流出，就用铁锨铲起旁边的泥土将其堵住。有时候，水沟里有枯叶阻挡了流水的速度，就要将其捞出。水沟埂上和沟底也常常长出"墩草驴"（一种野草）来，它们那肥硕的身躯占据了空间，水流就会减缓。这时，铁锨就要毫不犹豫地把它们连根铲断。

清澈的井水沿着水沟汩汩流淌向前，一直流进碧绿的菜畦里。碧绿的菜苗们咕咚咕咚地大口喝着甜甜的井水，便开始长高长壮，开花结果。

瞧，白菜卷心了！看，辣椒红了！

菜畦

我家的菜畦与别家的不同，我一眼就能看出来：野草最少，菜苗最好，畦埂最高。

父亲是这样要求的：地要深翻，土要耧细！连菜畦埂都是一脚一脚踩出来的，活似一堵小小的城墙。

翻过地后，首要的就是要做畦埂。没有它，菜地是进不去人的。没有它，菜地也没法浇水。

有了它，每个菜畦便自成一个小"王国"。有了它，人们便可以踩着它，对这个小"王国"里的"公民"实施救助和管理：除草，捉虫，施肥，培土，嫁接，打叉，摘果。

因此，父亲特别重视畦埂。

他总是先用铁锨沿直线铲出一条土埂，然后用双脚在这条土埂上均匀地踏实，然后再覆上一层土，再用双脚踩结实。这时，土埂就已经很结实了，父亲便再次端起铁锨，将土埂两侧的散土铲下来，再在土埂上覆上一层，最后一次再用双脚将土埂踩踏结实。经过两三次的踩踏，原本松软的土埂变得结结实实，俨然是一条小型的土"长城"！

小时候，我们小孩子其他活都干不了，唯有踩畦埂是能做的。父亲便给我们姐弟仨分配任务：一人踩一条畦埂！

这个活儿看起来简单，不过是双脚不断起落而已，但是事实上也很考验人的耐心，当然也很锻炼我们的平衡能力。因为若掌握不好身体平衡，便会歪倒，畦埂就被踩偏了，甚至踏塌了。尤其是在第二遍第三遍之后，稍不小心，就可能将原先踩好的"地基"破坏。

修好畦埂，就该耧地了。

耧地，既是力气活，又是一种技术活！

耧耙是重达十多斤的铁家伙，倘若没有力气，是端不稳的。耙子还要端平，端得不平，地面就耧不平。

耧一遍，是不可能把土坷垃耧成细面一样的，非得反复四五遍的功夫才成。

母亲嫌父亲耧得细："差不多就行！"

父亲则严肃地回答："耧不细，坷垃大，浇水时水就淌得慢，浇完水还容易形成洼坑，菜种子也发芽慢！"

"人勤地不懒"，菜种子不久就发芽了。

菜苗苗拱出土来，草芽儿也一同生长出来了。

与菜苗苗相比，野草总是那么蛮横，那么肆无忌惮，却又是那样的健壮，它们总是比菜苗儿长得更快（就像好习惯与坏习惯的差别）！

父亲给我们每人发一块宽木板，搭在高高隆起的畦埂上，我们就蹲在宽木板上，用指甲将那些小草从菜苗中挑选出来，拔掉。

这个活，很像绣花。从密密麻麻的菜苗芽中找出那些野草是容易的，但要逐一拔去，就不是那么容易的事了。这对耐力和指甲的硬度是一个挑战，尤其是拇指和食指！

等到长大了，我才注意到母亲的拇指和食指的指甲是特别的，它们已经由原先薄薄的一层甲壳长成了厚厚的甲板！虽然很难看，却非常实用！这是菜畦岁月留给母亲的礼物！

我们家的菜畦最费工夫，也最整齐干净，父亲常常为此自豪："没有白费的工夫！土耧得细，菜苗出芽就早！畦埂多踩上几遍，就结实。等雨下大了，别人的畦埂松软，就进不到地里去拔草，草拔得晚，菜就长得慢！草少，菜就长得好！要不然，土壤的肥力就被草夺去啦！"

细细琢磨其中的道理，好似家庭中教育孩子的"育儿宝典"，又好像团队主管的管理经验。

可不是嘛！父亲就是管理我家菜畦的"老总"呢！

哨

　　小时候，孩子们是很少有乐器的，但是，我们会在大自然中寻找。

　　比如春天的嫩柳条就可以做成柳哨，比如菜园里的葱叶可以做成葱哨，再比如初夏的槐树叶可以做成槐叶哨。

　　做柳哨的嫩柳条需要选取清明之前的，因为这个节气之后，柳条就不再"离骨"了。意思就是柳条上的那层外皮无法被扭动了。只有扭得动，才可以将外皮与白色的小木芯分开来，抽出小木芯，外皮就会形成小小的管状。再将这个小管的一端捏扁，将最外面那层褐绿色刮去一点，就会露出一小圈软膜。有了这一圈软膜，在吹的时候，才能形成狭小的细缝，阻碍气流而发出声音。因为柳条一般是非常细的，所以它发出的声音比较清脆，有点像音阶中的"米"（mi）或"发"（fa）。

　　葱哨也是同样的道理，将葱叶的一端刮薄，形成软膜，气流被软膜阻碍后通过葱管发出声响。葱叶比柳条粗得多，因此葱哨发出的声音是浑厚的，就像是音阶中的"多"（do）"来"（re）。

　　槐叶哨是摘取叶序顶部又大又软嫩的两片，将它们叠在一起轻轻吹动，也会发出清越的"发"（fa）或"扫"（sol）的声音来。这些都是孩子们即兴的乐器玩具，随手可取，但往往也不能吹出婉转的曲调。于是孩子们便盼望着能够有一个泥哨。

　　通常，都是过完年，好像都是元宵节后，母亲便会赶集买回一些五彩的泥哨。泥哨是用黑色陶土捏成烧制的，有嘴，还有个大肚子，肚子上绘着鲜艳的红色、白色、黄色、绿色的条纹，有的像小鸟，有的像小兔。肚子边缘还有些小眼。吹泥哨时，捂住不同的眼儿，就会发出不同的声音来。

"多""来""米""发"，春天的空气中便飘荡着这些春天的音符，不成曲调，却带着活泼的童稚，越过院子里的槐树梢儿，拂过池塘边的柳条儿，抚摸着菜园中的小春葱的绿管儿，与远处那些叽叽啾啾的鸟鸣声音合奏在一起，宛然就是小村的《春之声》。

小孩子总是盼望着自己快快长大。因为长大后，就可以像大人一样拿得动沉重的物品，够得着高处的东西，会骑车，能够走得更远，仿佛这才是真正的自由自在。

我那时就希望像父亲那样会吹口哨，还能吹出好听的歌曲。

父亲是识简谱的，据说他年轻时还会吹笛子呢。

印象中，父亲会一边扛着锄头一边吹口哨，也会一边骑着自行车一边吹口哨。那些歌曲都是轻快的，带着欢乐，带着愉悦，我们这些小孩子也不禁被感染了。我们总想跟在后面噘起小嘴，学着吹口哨，却只能发出单调的声音，无法连贯起来，只能羡慕罢了。

如今，那些柳哨、葱哨、槐叶哨早已成了我随手逗着孩子们玩的小玩意。而泥哨，再也不见了。有一次在一家特产店里，我偶然发现了一种叫"埙"的乐器。它与我小时候的泥哨很相像，但它是棕色的，是那样光滑，那样精致，吹奏起来，声音又是那样圆润动听。看着它，我却不由又怀念起儿时那些简朴的泥哨来了。

谁有办法让我再回到儿时的时光里？大概只有那不成曲调的哨音了！

"倒果子"

我们这里管花生叫"果子"。"倒果子"，就是别人的花生拔下起完后，我们这些没有种花生的人家到这家的地里重新刨一遍土，捡拾漏下的花生的过程。

实际上，这就是"捡漏"，类似于"淘宝"！

我们村的地是沂河边的沙土地，人口稠密，所以村子里每个人分得的土地不过一两亩，不像东边乡里那些地方，是黑色黏土地，人口又少，每人都能分得七八亩。

所以我们村里很少人舍得将自家的土地种上花生等作物。

我们的做法就是等到秋天东乡的人家花生地收获后，到那里去"倒果子"。

"倒果子"是一个很辛苦的活。用的工具是"钊子"，就是将三四股铁叉弯成直角的铁钩子。这是我们这里刨土用的主要工具。"倒果子"，就是不停用钊子将土再次翻开，在其中仔细寻找那些别人遗漏下来的花生。

往往需要连续刨三四钊子，才能发现一粒花生。而这些花生大多包裹在泥土里，因此，我们需要非常仔细地观察辨别，才能够淘得"宝贝"。

记得那会儿，我是上初中的年纪，才刚刚学会骑自行车。

秋天到了，我们家的玉米收割完了，田野里的土壤已经翻完了，有的地方都已经种上小麦了，东乡的花生也起完了。我们村子里便会有一群半大小孩，成群结伙地一起到东乡去"倒果子"。

到了周末或是秋假，父亲便将他那辆旧"大金鹿"自行车给了我，我又在后座上带着大弟跟随别人一起去东乡"倒果子"。

此时的天气，早晚冷，中午却很热。吃过早饭，太阳不过有半竿子高，我们就跟着村里的"大队人马"出发了。

出发前，要带上一塑料桶的水、三四张煎饼和半罐头瓶的咸菜，这是午饭。因为"倒果子"的地方距离我们村有十几里地呢，中午赶回来吃午饭是不可能的。

另外，还要学会将两把钊子装在自行车上。我们的做法是将钊子的尖头朝下，挂在"大金鹿"的大梁上，钊子柄就并在横梁上，然后用绳子绑住它们。

我这个"驾驶员"先骑上自行车，大弟挎着篮子跟在车后小跑一会，然后再跳上车后座。

那时的道路都是土路，路面上会有很深的车辙，这很考验驾驶员的技术！所以我必须很用力地握住自行车的车把，才能保持平衡。一不小心，车子就会打晃。

有一次，我竟然连车带人掉进了路旁的小沟里，大弟也被摔得不轻！后来，他怎么也不肯坐我的自行车了！他很快就学会了骑自行车，能够独立"倒果子"了！

"倒果子"，只要舍得力气，每天能收获半化肥袋子的花生。所以，只要肯努力，我们每年都可以获得一两袋花生。这些花生，就会变成我们做稀饭时的佐料，也会变成菜碟里的炒花生米，还会变成过年的"香果子"（就是带壳炒好的熟花生）。

但是，我们也知道，有的人是会偷懒的，会偷偷跑进别人还未收获的花生地里刨花生。那当然会很快就能收获满满一篮子！但是，他们要承担的后果就是：可能被人家扣住，不让回家，让其家里的大人去领回。

这是很丢人的事！

因此，在每次去"倒果子"之前，父母总会再三嘱咐："倒多倒少都不要紧，但是，千万不能去偷别人家的果子啊！"我们总是认真地点点头。

这也是很考验小孩子的！因为，我们往往一直弯着腰，一钊子一钊子地刨了一上午，累得腰酸背疼，才能收获半篮子花生，而那些"聪明人"一会儿就能挎来满满一篮子呢！

我们只能眼巴巴地看着别人这么轻易得到"硕果"！这大概就是当"老实人"的难过之处了！

幸运的是，我们姐弟几个都是听父母话的孩子，宁可自己累些，也绝不做那种让父母丢脸的事！

几十年过去了，每到秋天收获花生的季节，我就会想起自己弯着腰在地里一钊子一钊子刨着土，仔细地找寻着别人漏下的花生时的情景。

是的，"倒果子"按规矩行事，很辛苦！但是，它不会招致祸患！

其实，静下心来，慢慢一钊子一钊子地刨下去，我们还可感受每找到一颗花生时的那种喜悦，也是一种幸福呢！

这种幸福，很微小，但很踏实！

卖秧棵

我们那个小村子，人们以卖菜为生，培育菜苗的经验也很丰富。

因此，春天我们村庄也卖菜苗苗，当地俗称"秧棵"。

父亲是一个很勤奋的人。

一过了年，父亲便忙活起来，拿出去年秋天晒干的茄子种、黄瓜种、辣椒种，在温水里泡上一夜，然后分装在母亲缝好的小布袋里，再将它们用塑料布裹好，放进被窝里。父亲睡觉的时候就搂着这些菜种儿。

这些躺在父亲温暖怀抱里的菜种儿，每天晚上还要用温水洗一次"澡"。

如是，半个月左右，这些菜种儿便长出白白嫩嫩的芽儿。

将平整好的菜畦先浇一遍水，然后把这些已经发出小芽的菜种儿撒在湿润的菜畦里，最后还要用筛子在上面筛一层细土，算是给菜种儿盖上一层小薄被吧。

这个时候，刚刚是农历二月，田野里雪还没有融化尽，水沟里有的地方还结着冰。

为了防止菜芽儿被冻坏，还要在菜畦上用蜡条弯成弓形支起支架，然后在支架上盖上一层厚厚的塑料纸。塑料纸上面还要放上一层稻草苫子。这就是一座小型的温室大棚。

为了调节温度，每天早晨还要给小棚放气，太阳落山前再把这些气门儿堵上。

慢慢地，棚里的菜芽儿从土里钻出来，长出两只小角，再长出叶子。

慢慢地,小菜苗儿渐渐苗壮长大了。

阳春三月,谷雨前后,大地已经完全解冻,霜雪已经基本不见。周围村庄的农民可以在田地里栽瓜种豆了。

塑料棚里的菜苗苗已经长出四五片叶子了,父亲便给它们浇一次"透地水",然后将菜苗苗连根带泥拔起,放在柳编筐里,用自行车载着它们,到周边集市上去卖,换回一些零花钱。

我上初中的时候,父亲便让我跟他一起到集市上学习卖秧棵。

为了锻炼我,父母就劝我:"卖的钱,都归你!"我虽然不想去,但周围的同龄人都早已开始骑自行车到附近的集市上卖菜卖秧棵了。

于是,我也骑上一辆"大金鹿"自行车,后座上载着一筐茄子秧、辣椒秧,跟着父亲和叔叔大爷们一起去赶集。

记得那年春天,我们赶的集市叫"桃林"。直到参加工作,我才知道桃林原来是江苏省东海市的一个乡镇。当时就记得骑自行车骑了很长时间,那时候也没有表,不知道到底用了几个钟头。后来才明白,原来这还是一趟骑行上百里路的跨省"旅行"呢!

天还不亮,母亲就起床,给我们爷俩烧了一锅鸡蛋汤,还泡上了两把麻花。吃完香喷喷的早餐,我便骑车跟着父亲在黑蒙蒙的晨雾中上路了。

天色越来越亮,也不知骑了几个小时,我们总算在吃午饭之前来到了集市上。

解下柳筐,我们便蹲在集市一侧开始叫卖。刚开始身体是热的,还出着汗。慢慢地,浑身变得冰凉,我便不停地搓手跺脚来取暖。

这一天的天气也不好,整个上午都在下雨。到了下午,雨才渐渐停了,但是天空基本上都是阴沉沉的,太阳躲在乌云里,只是偶尔露出半个脸蛋,也是蜡黄蜡黄的。

那个时候，钱比较"硬"。一毛钱能买二三十株菜苗苗。

直到太阳快下山时，父亲和我筐里的秧棵全部卖光了。父亲点了一下钱袋子里的钱，不错，十多块呢。父亲便到集市的另一头买了一些"烤牌"吃。吃过之后，又把剩下的包起来带回家，给母亲和弟弟吃。

同村来的那些叔叔大爷们也都卖完了，我们便结伴一起回去。

来的时候，筐子里有菜苗苗，车子沉。回去的时候，菜苗苗卖光了，车子就轻快多了。

那时候的路，都是土路，有很多车辙。我们骑自行车基本沿着车辙走。

刚从集市上走出三五里路，我们就遇到了一个难题。

前面有一段路，因为地势低洼，今天上午又下了一上午的雨，便形成了二三百米长的泥路。自行车不能在上面走，一走，前车瓦和后车瓦便全部塞满了泥，根本动不了。

这一段路，我们只能把自行车扛在肩上，步行过去。

看着叔叔大爷们纷纷扛着自行车过去了，我待在原地不动，以为父亲会返回来帮我扛过去。毕竟我那个时候只有十四五岁，并没有多大的力气。

可是父亲并没有这样做。向来严厉的他，瞪了我几眼，然后向我厉声喝道："赶紧扛过来！"

我当时觉得眼里酸酸的，泪水都快流出来了。叔叔大爷们问父亲："你回去帮她扛过来，不行吗？"父亲却一脸严肃，又瞪了我一眼："快点！"

我一咬牙，便将那辆"大金鹿"自行车扛在肩上，慢慢走过了这段泥路。途中我听到叔叔大爷们在责问我父亲："丫头还小，你不能帮她扛过来吗？"父亲说："她能扛，哪有那么娇气？"

我当时不能理解父亲的这些举动，心里觉得是父亲不疼我，由此甚至产生了对父亲的"恨"，甚至觉得他是我的"仇人"。

　　但是现在想来，大概正是因为父亲这种严格的教育方法，让我真正明白了当农民的不容易，我才会发愤努力学习吧！

拆被

小时候，每年都要拆被。

往往是在春夏之交，天气晴朗，气温适宜的那段日子，母亲便抱出几床厚厚的被子和稍微薄一些的褥子，让我在家里把它们的旧线拆去。

我便在母亲的针线筐里找出锥子，开始了劳动。

锥子是一种嵌在木柄上里的粗铁针。

平时，锥子一般是用不着的，只有在纳鞋底的时候，需要在厚厚的鞋底上穿眼，母亲才会用到它。

再就是来用拆被子了。

其实，拆被子算是一个很有意思的活，但也需要耐心和细致。

被面总有各种各样彩色的图案，不容易找到线头。因此，从"被里"（就是被子的反面）寻找线在被子里绗进的踪迹，才为上上策。

在被里与被面交接的方形边框上，总会布满密密麻麻的大针脚，而在四个角上则会有细密的小针脚。

通常，我会先找到针脚宽大的地方，用锥子将线挑断，然后再隔两三个针脚用力向上挑，那根断了的线便会顺着针脚的方向被抽出来。

由是反复几次，这根线便会越来越长，抽拉就会变得很费劲。于是，需要把这根线弄断，才比较节省力气。

有时为了省劲，我干脆把两个离得比较近的线头同时挑断，抓住其中一个线头用力抽出，也能完成工作。

有时遇到打结的地方，如果针脚离得比较近，也可以用手直接抽出旧线来。

在四个角上，那些比较细密的针脚里，挑线就会变得比较慢。必须得用锥子慢慢挑，才能完成工作。

待旧线一根根被抽出，被面和被里慢慢分离，它们又慢慢与棉絮做成的被胎分离。大约半个小时后，拆被工作结束了，旧线散乱地堆在地上，将它们团起来，用手一掂，嗬，足有二两重！

想来套被时，母亲一针一线地将它们缝合起来，得费多少工夫呀？尤其是针在厚厚的棉花套里纴进时，需要花费多少力气？

被子拆完之后，就需要带上捶衣棍到大汪边洗被里被面了。

那时候还没有洗衣机，洗这种大件儿，非得到大汪边不可！

我们这里管"池塘"叫"汪"。

记得每年母亲套被时，总要买来几桄线，先把它们缠成线穗儿。纴上针，打个结，针儿带着长长的线跟着母亲那戴着顶针的手，在干净的棉胎、被面、被里之间忽隐忽现。

纴针时，母亲会将针拿得离自己很远，然后眯缝着眼，想把线从针眼里穿过去，好几次都不成功。

母亲便叹一声："唉，花眼了呀！"我便赶紧上前帮忙，将线从细小的针眼里穿过，再递给她。母亲又笑了："唉，能中用了！"我便觉得心里是满满的幸福了。

时而，母亲会将针放在头发里抿一抿，我觉得很好奇，便问她这是干什么。母亲笑笑："这样，针在棉胎里会更滑溜些。"

哦，头皮上会分泌油脂，这可是最简单有效的润滑方法呢。

现如今，条件好了，被子基本不需要再拆开了。因为大家有了被罩，而且是带拉链的。需要换洗时，只需将被罩褪下来就可以了。

如今，我也到了快要花眼的年纪！

恍惚间，我仿佛仍然能够看到母亲手中拿着针，拖着长长的线在纴被呢！我似乎仍然能够看到大汪边石头旁，母亲正拿着木棍捶洗被子呢！

梆梆，梆梆，池塘里的碧水波纹一圈圈地荡漾开去。旁边嬉水的几只大白鹅，时而将头探入水中，时而用红红的嘴巴啄洗着洁白的羽翅，时而又扬起脖子冲着天空"嘎嘎"几声。

哦，它们也在称赞我能帮着母亲拆洗被子了呢！

晒麦

麦子从颖壳里脱离出来，变成了麦粒，必须晾干、晾透之后，才能装入麦缸。

我们家储存粮食的方法，就是把这些晒干的粮食放在粗瓷大缸里，然后在顶上用塑料布盖住，并在缸沿处用绳子将塑料布紧紧勒住。最后在塑料布顶上，用一块圆形的水泥板盖住。

这样就可以保证储存到第二年，粮食依然是干燥的。

可是，晒麦粒必须有一个平整结实而且十分光洁的地方才可以。

早些时候，找这么一块平地可不是那么容易的。于是，农民想出了一个办法，他们预留一块地，不种麦子，而是种上蔬菜之类生长周期短的庄稼。

这样，就可以在收麦之前，先把这块儿地上的庄稼拔去，将地整平，然后拉着碌碡，将地面一遍一遍压结实。

碌碡是整块的青石做成的，上面有凸起和凹槽，两侧有小眼，可以安上木头的架子，再用绳子牵引，可以由人或者牲畜拉着它随处走。

这个过程叫"压场"。

这完全是力气活！这个重达二百斤的大家伙，如果不用力，可就只能一动不动地停在那里了。

于是，村里总有些男孩子从小就爱比试力气。我大爷，就是我父亲的哥哥，他的力气就特别大。据说，他吃饱了饭能够扛起一个碌碡，还能举着它在麦场里走上几步。

这不由得让我想起了奥运会上的举重冠军。估计这项体育比赛正是由农业社会里的农夫们比试举碌碡演变而来的吧。

我大爷的力气大，饭量也大！据说，他年轻的时候，一顿能够吃下一个大锅饼。于是他便得到了一个外号"马大肚子"。

我的父亲是一个比较瘦小的人，他从来不在这方面与别人比试。

母亲好像并没有嫌弃过父亲的瘦小，相反她还常常被周围的婶子大娘们羡慕。因为我的父亲脾气好，疼媳妇儿，是出了名的。

因此，压麦场这样的活，母亲总是很努力地帮着父亲一起干。

麦场一收拾好，便开始了收麦、打麦的工作。

等到麦子变成麦粒，这个麦场又变成了晒麦子的地方。

早年没有塑料布的时候，麦子就是直接放在平整的麦场上晾晒的。

麦场虽然比周围的土地更平整，但毕竟并非光洁如镜，总有些小土坑，于是有些麦粒便会隐藏在其中。我们需要用笤帚将它们清扫出来。

记得那个时候，我们村东头已经修了205国道，是一条南北向的宽阔的柏油大马路。

柏油路比卖场平整多了。于是，村子里有的人家就在这条大马路两侧晒麦粒。

但是，我们家从来没有在柏油路两侧晒过麦粒。父亲说："这么多大货车大客车，都开得那么快，太危险了，咱宁可麻烦点儿！"

后来，有了塑料布，人们便将晒麦子的地点拓展到了村子的大路边。

塑料布，不但平整结实、干净整洁，而且还能将粮食一粒不少地收集起来，不必再用扫帚在地上清扫，即可完成"颗粒归仓"的任务。

每次磨面之前，母亲都要选一个天气特别晴朗的早晨淘麦。所谓淘麦，就是用干瓢将麦粒从瓦缸里掭出来，放在簸箕上簸一簸，将麦芒麦壳和瘪麦簸去，再拣去里面的小石头子儿、小土坷垃，然后将它们放在水盆里用清水淘洗两遍。

再把湿漉漉的麦粒放在大瓦盆里，用干净的棉布反复擦。干棉布吸了麦粒上的水，变得湿漉漉的。拧一拧湿棉布，将上面的水挤到大瓦盆外。这样，湿漉漉的麦粒就变得干净清爽起来了。

经过水洗和布擦的麦粒，被放进筬子里，与塑料布一起被挑到路边，准备开始晾晒。

将塑料布展开，用稍微大点的石头压住塑料布的边角，然后将淘洗完的麦粒用干瓢掺出来，尽量均匀地撒在塑料布上。再用竹耙子的反面（就是弯曲的那一面），将这些麦粒耙成均匀的薄层。

这些麦粒就静静地躺在塑料布上，等待阳光把它们身上的水分全部晒干。

为了把麦粒晒得均匀干透，母亲还会让我每隔一个小时左右再用耙子将麦粒翻耙一遍。

这样，麦粒就翻了个身，将湿漉漉的背部暴露在阳光之下，继续睡觉。

如是反复耙个三四次，麦粒就被阳光晒透了，重新变得干燥起来。

为了验证麦粒是否全部晒干了，母亲常常会抓起其中几颗，放在嘴里咬一咬。如果不是嘎嘣脆，那就证明麦粒还没有干透。

我有时候也学母亲的样儿，拿麦粒在嘴里咬一咬。没有干透的麦粒咬起来是软软的，干透的一咬就嘎嘣一声碎了。

将放在嘴里的麦粒嚼一嚼，有一股自然的清香呢！

晒麦的过程中，不但要用耙子翻晒，而且还要防止麻雀过来偷食、拉屎，另外还得时刻观察天气变化，以防被雨淋了。因此麦子晒上之后，需要有个人过去看管，这个任务往往就落在了我的肩上。

于是，我便常常戴着斗笠，在路边的塑料布旁反复"巡视"。戴着斗笠的原因是防止被毒辣辣的阳光暴晒。我却往往为了省事，将斗笠弃之一旁。只有在正午，太阳特别毒辣的时候，才启用它那遮凉的功能。

有时候，明明早上是万里无云的晴空，到了下午，天边忽地涌上一片乌云，太阳还高照着呢，大大的雨滴便噼里啪啦从天空落下来了。因此，如果反应慢了，不赶紧收麦粒，就可能被雨水浸泡了。

晾晒了一天的麦粒，终于变得又干又脆，再将它们一干瓢一干瓢地搋进笸子，倒入干净的化肥袋子里，就可以运到磨坊去磨面了。

我们村东南，就有一家磨坊。将麦子倒进轰隆隆的磨面机里，机器的一个口里纷纷落下麦麸的时候，另一侧长长的布袋里便有了白白的面粉！

晒好的麦粒，经由母亲的巧手加工，我们就可以吃上白白的馒头和香喷喷的煎饼喽！

薅草

草，是庄稼的宿敌，农民们总是欲"除之而后快"。"芳草萋萋"，是诗人眼中的美景，但在庄稼人看来，那就是"心头大患"。所以，除草，是我们小时候必修的功课。

首先，得学会辨认什么是草，什么庄稼。不然，一不小心，菜畦里那些瘦弱的菜苗苗可就遭了殃。

草小的时候，只需用两个手指就可以把它轻易地连根拔起，但是，倘若长大了，就不容易拔除干净了。于是我们就只好"薅"。

"薅"的动作是这样的：整个手掌张开，先用四指拢住草茎，然后四指向掌心靠拢，同时用小臂弯曲带动抓住草蔓的整个拳头，往后猛然一拉！这样，那些草茎就会被拉断，也有时会将草根连泥一同拔起。

盛夏时节，草木葱茏。田野里的玉米已经长到快一人高了，锄头就已经无法施展它的威力了。原因很简单：此时的野草长得很疯，不几天就会蔓延得到处都是，长长的草蔓儿能够缠住锄头，包住它那锋利的锄刃，让它无法再次入土。

正值暑假，于是，父亲便给我们姐弟几个分派任务：一人两垄，谁先薅完，谁先回家吃饭！这个时节，日头最为毒辣。但是，父亲总是让我们在正午时刻薅草，他的科学依据是：太阳越毒，草死得越快！

的确，有一种草叫"马齿菜"，它很肥嫩，但是生命力特别顽强。如果薅下来放在地里，哪怕只有一小片叶子，它也会再次在新的土地上重新焕发出勃勃生机。只有在日头毒的时候，将它晒干了，那它才真正

"一命呜呼"。

还有一种草叫"抓秧子"，它的每一个关节只要触到地面，就会向下扎根，所以很容易薅断一小截，而其余的大部分则牢牢地抓住地面，于是我们需要将它所有关节上的根全部拔下来，才能将其除净。

另外一种草叫"墩草驴"。它的根倒是集中在一处，关节上也不生根，但是，它所有的力量都集中在根部，而且根扎得特别结实，所以它是最难薅掉的野草。遇到"墩草驴"，就必须手腕特别用力，才能将其与大地分离开来，有时甚至需要双手用力，才能将其连根拔起。

当然，还有一种更可恶的"拉拉秧"。它浑身上下都是小刺，而且长得特别快，能够长出长长的藤蔓儿爬上玉米，如果不及时除去，它能把整株玉米给缠死。

薅草时，我最喜欢一种很细弱的草，它的叶子和茎都很细，禾穗儿上结出的果实也很细小，在翠绿的草丛中宛若一片"星河"。它很容易被薅掉，但它会散发出很浓的香气，在一大片野草里，只要有几棵这种小草，整个空间就会有馥郁的香气萦绕。在我的印象中，它并没有名字。

多年后，好友推荐我用一个叫作"识花君"的手机应用，拍照后扫描就可以知道各种花草的名字。

这下可把我的"探索"兴趣调动起来了！经"识花君"辨识，原来，"拉拉秧"学名叫"葎草"，"墩草驴"学名叫"马唐"，"马齿菜"学名叫"马齿苋"。而那种很细弱的无名小草竟然叫"小画眉草"，还真是富有诗意呢！

薅草，让我想起的却是另一首诗："锄禾日当午，汗滴禾下土……"

通常，薅草要钻进玉米丛里。玉米的叶子边缘是有小锯齿的，一不小心，就会被它划破一个小血口子。玉米开花后结出的玉米穗儿有长长的"胡须"，顶上的玉米花也会不时撒落下来。所以，在玉米地里薅草，浑身又痛又痒。

再加上天热，玉米地里不透风，干一会儿活，人们就满头满脸浑身都是汗水。因为在野草和泥土中不停劳动，往往满手都是泥巴，不能擦汗。于是，我常常在手腕上缠上一块干毛巾，等薅完两垄地，这块干毛巾往往湿漉漉的。

这时，赶紧找口水井打上来凉水，洗洗手脸，洗净这块湿毛巾，直起腰来，迎着小风一吹，甭提多爽啦！

下午，将这些被薅出的草归整在一起，塞进三条脊的"筐头"里，再用扁担挑出地头，挑回家里，猪羊鸡鸭和小兔子们就有了可口的晚餐！

一转眼，几十年过去了，从前的这种除草方式已被喷洒除草剂所取代，人们再不需要受这份"罪"了！就连让我深恶痛绝的"马齿菜"，也登上了城镇的大餐桌，据说它还是一种长寿菜、去脂菜，颇受大家的欢迎呢！

可是，每到盛夏，每当看到绿油油的庄稼地时，我的脑海中仍然不由还会想起薅草的艰辛和休息时的幸福。

是的，幸福往往是艰辛换来的！

偷读书记

不知从什么时候开始，我也像父亲一样喜欢读书了。

我们的寒暑假作业的封面故事，同学们之间传阅的小说，借阅室里的《少年文艺》《儿童文学》，还有高年级学生扔下的自读课本，甚至父亲的《赤脚医生读本》，都是我爱看的书。

每到放暑假寒假时，我总是想最后一个离开学校，因为那时就可以在宿舍里收集到很多高年级学姐们扔掉的课外读物。

每到阴雨天，母亲就会端出"鞋筐子"做针线活，我就会凑到跟前。因为筐子里面放着一本很大很厚的书，据说是我父亲干赤脚医生时的自学读本。这本大厚书里面夹了很多带着各种花纹的"鞋样"，我喜欢看这本大厚书上的文字，也喜欢端详"鞋样"上的花纹和图案。

但是，父亲告诫我："把课本读透、读细就行了！别乱看那些乱七八糟的书！"

读书是耗费时间的，尤其会和做家务、干农活冲突。只要放假回家，就有干不完的活。在家里要做饭烧锅，到田里要锄地种菜侍弄庄稼。看闲书在父亲眼里便成了不务正业。

于是，在烧火做饭和到田里干活之间，我自然选择前者。

因为这样，我就可以一边烧火做饭一边看书。为了防止被父母发现，我把书藏在柴火堆里。

有一天下午，我在家里蒸馒头。把馒头放进锅里，灶里填上玉米穰和干树枝后，就可以一边往灶膛里添柴火一边看书了。

蒸馒头大概需要半个小时的时间，其间隔上三五分钟往灶肚里扔一两个玉米穰就可以了。

结果我读着读着书，忽然闻到一股焦煳的味道。糟糕，肯定是锅里的水烧干了，把馒头给蒸煳了！

我赶紧掀开锅盖，往锅里添水。等把馒头从锅里拿出来，又赶紧用菜刀将那些烤得黑乎乎的地方切去，可是最终还是被父母发现了。

父亲虽然很生气，但也没办法。于是他买了一个闹钟，每次蒸馒头之前先定上铃，这样终于解决了蒸馒头和我看书之间的"矛盾"。

后来到初三之后，我才意识到读课本的重要性。于是我就向我们班里那些学习勤奋的同学学习：点着蜡烛背书。

那时候，我们已经住集体宿舍了。宿舍里的床全部都是木头架子的，老师三令五申，不允许点蜡烛。可是，每当熄灯之后，我们宿舍里就会点起几支小蜡烛，其中就有我的。

后来，有一个女同学的头发被蜡烛烧焦了，我才意识到危险。她那么刻苦，都已经头脑不清醒了，还在背书。幸运的是这种事情没有在我身上发生。

但是，买蜡烛也是要花钱的，每周父母给的零花钱是固定的，而且父亲又强调："买什么蜡烛？上课的时候听好老师讲的就行！点灯熬油的，纯粹是浪费！"

好吧，我只好把买饭的钱挤出来买蜡烛。为了省出更多的零花钱，我就从家里多带煎饼。

母亲感到有点吃惊："饭量涨了，怎么不见你长胖呢？"

嘻嘻，母亲不知道我的这些小"花招"。

后来，长大了，再回顾这一段时光，那时对父母的愤恨与不满却转化成了感激：如果父母不这样做，估计正处在青春叛逆期的我，就不会懂得读书机会的来之不易了！

我的小学

我的上学历程绝对称得上传奇。

我五岁时，常和我一起玩的堂姐去上"育红班"了。她只比我大十个月，我便也抱着板凳跟了去。结果老师嫌我岁数不够，不收。

我便跑回来央求父母找老师讲情。

好在老师们都是本村的民办教师，平时与父亲关系不错，这才勉强同意了。

"育红班"就是现在的学前班，教室就在老大队部前的那一溜草屋里。

课桌是一排排的水泥台，凳子是学生从自己家里搬来的，黑板也是用水泥抹成的。冬天的时候，"课桌"冰冷冰冷的，写字时因为右手外侧需贴在它的表面上，不几天便起了冻疮。

天一暖和，冻疮就又痛又痒，不少同学的手都挠破了皮，流出脓来。可是，我们并不在意。

教室西南角，有一棵很高的洋槐树，树杈上挂了一个大铁铃铛，铃舌上穿着一根细细的绳子。拽动绳子，铃铛便"当当"地响起来。这是上课下课的信号。

教室前面是一片宽阔平坦的土地，但没有院子。这便成了我们下课后的乐园。蹦啊，跳啊，追逐嬉闹，有时我们还会往东去，到汪边洗脸洗手。

这个汪的西南角有一棵斜卧在水面上的老国槐，我们当地叫"槐儿豆"。这种槐树没有刺，开花比刺槐晚，结的果也不是刺槐那种像刀片一样的豆荚，而是圆滚滚的棍棍。

课间，这棵槐树上也会有我们嬉闹的身影。

一年级，我们的教室搬到了小村西南角那所新建的小学里。

我们村建村晚，村里人口又少，所以小学只有一到四年级。五年级，就要到大一点的青山村去上学了。

那时的我学习成绩不好是公认的事实，但是偶尔也会得到老师的表扬。

印象比较深刻的就是作文。有一次，我被语文老师点名表扬了："你看人家用词多好！刚学了'仿佛'这个词儿，人家写作文就用上了！"我的心里美滋滋的。

还有一次，就是期末考试成绩出来的时候，班主任孙老师进行了点评，将我的成绩与我那个堂姐进行了比较："看，这个当姐的还不如妹妹的学习好！"我的心里也是美滋滋的。

但是我也有被批评的时候。

记得有一次上数学课，我竟然趴在桌子上睡着了。睡得正香，头皮突然疼起来，抬头一看，教数学的陈老师正拿着小教鞭站在我的身边。见我醒了，他便严厉批评我："好好听课，不能打盹！"

到了五年级，在青山完小上学时，我依然有迟到被罚站的经历。老师讲的内容我记不清了，但在课间制作小电视机被同学们称赞的情形依然历历在目：在方块形的橡皮上画上小人，把小竹枝插在橡皮上，活灵活现地假装天气预报员，赢得了同学们的一致称赞。

所以在五年级结业后，我没考上初中。父亲挠挠后脑勺："这么差劲吗？下来干活吧，又太小了！再复读一年吧！"

于是我开始了第二个五年级。

而且，我并没有羞愧之感，好像一切都是理所应当的。

教室由南排西侧换成了北排东边。这间教室的东侧紧挨着一个大池塘。

我还是那个一如既往的顽童。

挽起裤腿，到池塘里嬉戏玩水，是常有的事。我还发明了用小手帕捞小鱼的办法。上课前用细草把手帕的四个角吊起来挂在浅水里的小树枝上，下了课就赶紧把手帕猛然捞出来，有时就能够捞到活蹦乱跳的小鱼小虾。我把这些小鱼小虾装进玻璃罐头瓶里，看它们在水里游来游去，心里甭提多高兴了。

我到现在还记得那块小手帕，是白色"的确良"布，边缘是用淡蓝色的线缝的，右上角有一朵粉红色的小花，还有两只七彩的蝴蝶正在翩翩起舞。它是母亲赶李庄集卖鸡蛋后给我买的。

我的初中

终于，我考上了初中：郯城第四中学。

这是一所"古老"的学校。教室、宿舍、食堂、办公室全部是青砖砌的，校园小路铺的是黑色煤渣。

在这里，我第一次见到了自来水，龙头一拧开，水就哗啦哗啦地流出来了。这里的一切对我来说都充满了新奇感。

医务室南侧有高大的乌桕，一到秋天，满树都是火红的叶子，还会落下一种白色的小籽儿。

教室的后面，有一排开着粉色花的木槿树，听说花瓣可以吃。课间我们常常去采来放在嘴里嚼一嚼，微甜的味道便充溢在舌尖。

教室南面有一架木香，一入暮春，便开出一嘟噜一嘟噜的小白花，馥郁的香气弥漫在林间小道上。

阅览室的南面有一个砌着花墙的小花园，铁大门是终日锁着的。我们几个顽皮的同学，便攀爬到花墙顶上，偷窥园中春色。

花园里有月季，有蔷薇，还有大朵大朵的牡丹、芍药，娇美的花丛中飞舞着几对蝴蝶，美极了。

阅览室东侧还有几间青砖房。据说这是学音乐的学生练声的地方，我们普通学生是没法进去的。院墙很高，且无法攀爬，我们连偷窥的机会都没有，但是我们常常在此驻足，因为常常有不断"坠落"或不断"攀升"的声音越过高墙传到我们耳朵里来。明白的人便会说这是在吊嗓子。

学音乐的学生一般都长得很漂亮。我们宿舍里就住了一个学音乐的高中生。她皮肤很白，眼睛很大，鼻梁很高，留着飘逸的披肩长发，就像图画里的美女。她从来不同我们低年级的女生说话，于是我们背地里管她叫"冰美人"。

当时的女生宿舍有两排，每排都有小院子，宿舍里的学生是混住的，有初中的，也有高中的，有艺术特长生也有普通生，有学音乐的，也有学体育的。学音乐的自然是长得又俊又苗条，声音文静又婉转，学体育的则往往五大三粗，说话粗声大气。

有一年夏天，我们宿舍因为这位"冰美人"发生了一次"恐怖事件"。

我们的宿舍是双层的木架子床，我住在宿舍东北角上层最靠边的那一张，与"冰美人"只隔着另外一个女生。

有一天半夜里，我忽然感到木架子床在轻微地"打哆嗦"，我敏锐地感觉到震源来自那位"冰美人"的被窝。心想不对呀，冰美人今天晚上没来睡觉，怎么多出来一个人呢？我便在昏暗中抬起头越过熟睡的"邻居"仔细看了看，发现被窝里的那个人的头发很短，根本不像平时的那个长发披肩的"冰美人"。

我有点吃惊，又有点恐惧，便轻轻摇醒我的"邻居"，让她也仔细看看。她翻身坐起仔细端详了一会儿，又躺下悄悄在我耳边说："好像是个男的，怎么办？"

我也不知道怎么办。正在我俩商量的时候，我感到架子床晃动得更厉害了。我不由攥紧了母亲刚给我买的新腰带。那是一条钢腰带，钢片中间有孔，还可以折叠，但在此时我已经把它想象成了钢鞭，心想如果这个家伙有什么不规矩的行为，我一定要用这条"钢鞭"抽死他！

正在这时，那个家伙坐了起来，哆哆嗦嗦地从被窝里爬出来，爬下架子床，从门口逃走了。

这时我们宿舍就像炸了锅，叽叽喳喳，七嘴八舌地叫起来。西边突然传来了一个学体育的女生的声音："嗯？怎么回事？噢！快追上他，揍死他！"

接着便有其他人起床，四五个人一起从门口追了出去。

剩下我们这些普通女生便躲在被窝里讨论起来。

"这个大流氓！"

"哎，他是怎么进来的呢？"

"没锁门吗？"

"忘了吗？咱有一块玻璃坏了！"

"哦，对了，对了。"

"那个空很小，钻不过来人呀？"

"哎呀，傻瓜！不用整个人过来！把胳膊伸进来，不就能打开插销了吗？"

"哎呀，还真是呀！"

"哎，这个家伙怎么知道咱这块玻璃坏了？"

"不知道，估计早就观察很长时间了！"

转眼，就到了初二。班主任赵老师给我们上班会课了。他给我们讲他年轻时上学的情景："我们那时上学没有电灯，也没有蜡烛，只有煤油灯。煤油灯冒出的都是黑烟，晚上看会儿书，第二天早晨鼻子眼里都黑黑的！我们还得步行挑着煎饼卷儿，到百多里外的临沭县去上学！我的同学来回一趟，脚底就会磨出血泡来。"这是我们坐在电灯通明的教室里所不能想象的！哦，原来那个时候还没有自行车，再远的路都得靠步行！我庆幸自己会骑自行车。

赵老师又强调："初二是一个大分水岭，能上去的就上去了，上不去的就滑下来了！"我们刚刚开设了地理课，刚刚明白什么叫分水岭，我的脑海里立刻浮现出了地图。

不过，这并没有影响我的顽劣。抓知了猴，偷萝卜，仍然是我的乐事。

期末考试，班主任赵老师采取了成绩大排名制度。全班六十八个人，他将后二十名单独列出来，弄了个"光荣榜"，写在黑板的最右边。我抬头一看，自己竟然是"光荣榜"上的第一名。

平时我在班里也就二三十名，不靠前也不靠后，这次觉得自己太丢脸了。

寒假开始了，我骑着自行车，载着我的被窝卷儿顶着小雪花回家。

照例，家里的大门是紧锁着的。父母正在南大汪里洗芹菜。我看到父亲和母亲正站着在冰水里将成捆的芹菜洗刷干净，冰碴子将他们的袖子冻得硬邦邦的，母亲的手开了血口子，用胶带缠着。

我的心猛然一缩，仿佛被人击了一闷棍。哎呀，我怎么这么不懂事呀！父母这么辛苦，我却在学校里尽贪玩儿，给父母丢人！

从此以后，我对学习的态度一百八十度大转弯：晚上偷偷在宿舍门口的路灯下看的书籍由小说变成了课本！

我还偷偷观察人家学习好的同学是怎么学习的。

我们班的秀儿学习特别好，我偷偷仔细观察，原来她除了上课还做笔记，她那个考上中专的姐姐留给她一些笔记本。我赶紧买了笔记本，也开始记笔记。

坐在我后排的那个同学特别善于背诵和记忆。我便偷偷观察他的记忆方法，原来人家并不是死记硬背，而是用谐音、联想等多种方法。

功夫不负有心人，第二学期的期中考试我得了全班第二名。这也是一个了不起的成绩。因为那时班里的复读生特别多，能考前十名都很难。

等我把这个成绩报告给我父亲，他挠了挠后脑勺："第二名？别是抄了人家的吧？"我很生气："哼，竟然瞧不起我！"我想着怎么考一次第一名给他看看。愿望竟然成真了！父亲终于相信了女儿原来还有学习的天分。他原来对我的学习成绩不屑一顾，现在关心起来了！还专门骑着自行车到学校里给我送煎饼！

从此，原先那个整天叽叽喳喳的小姑娘不见了，我成了老师们眼中"一心只读圣贤书"的好学生。

初三时，教室搬到了校园的东南角，我的座位也调至第一排。

有一天自习课，我正埋头在课桌上那一堆书籍里，生物老师在教室里巡来巡去，转到我桌前时，随手拿起我的英语字典翻了翻，惊讶地说："噢，你就是某某某呀！"

为了防止被别人"借走"，我习惯于在书本、字典的书口上写上我的名字。这本字典暴露了我的"个人信息"。我有点羞赧，又有一点自豪。估计老师们常常讨论我，没想到，我成了老师们眼里的"黑马"。

那时，我还不满十五周岁，在班里算是年龄较小的。填报志愿时，我选了中专的聋人教师专业。刚填完，我们班的一个复习生便半开玩笑地说："年龄太小，人家不要！"我假装没听见！

我能理解他们复读两三年的复杂心情。

但是，我还是没有考上中专。仅 1.5 分之差，我与中专失之交臂。

父亲便张罗着让我复读。

复读时，我到了八里屯的"联中"。

这个学校里有我们村里的一位民办教师——陈老师。陈老师把我安排在了他自己的班级里。

"联中"有一个别称："养猪场"。这个学校建在二十世纪五十年代养猪场的旧址上。

"联中"的教室、围墙全部都是红砖砌的，路面都铺上了水泥，所有的树都是很细的树苗，连宿舍里的双层床也是铁架子的，一派崭新的气象。

在这个班级里，我仍然"两耳不闻窗外事，一心只读圣贤书"。很多事都记不清了，但有三位老师给我留下了深刻的印象。一位是小 C 老师，他是历史老师，刚刚从师范学校毕业，第一次正儿八经地登上讲台。

自登上讲台的那一刻起，小 C 老师就一直用后脑勺对着我们，脸则一直面对着黑板。我们这些学生刚开始不太明白怎么回事，后来就开始相互窃窃私语："他怎么不敢回头？"

"不知道，估计是不敢看咱！"

"咦，大老爷们，怎么跟个大闺女似的？"

"嘻嘻！"

有人笑出了声。

小 C 老师的脸和脖子马上变红了。

另一位是教政治的 Q 老师，他喜欢讲大道理，还喜欢讲学习方法，他讲解的记忆规律让我终身受益。他说："人们对新学知识的遗忘速度是先快后慢的，十二小时内重新复习，能记忆得更久！"

这正是我所需要的！课后，我赶紧试了试，效果果然不错。由此，我便养成了睡前将白天老师讲的内容在脑子里过一遍的习惯。

还有一位是英语老师 X 老师。这位长得很帅的老师讲课水平很高，但是他常常请假，后来才知道他嫌当老师的工资低，自己私下里做生意。刚教了我们半年多一点，便辞职下海经商赚大钱去了。

这一年的中考预选时，我的成绩意外地好，被郯城一中"截留"了。（那个年代，为了保证高中学生的质量，教育部门在学生初中毕业时先组织一次"预选"考试，依据考试成绩专门划出分数线。高于某个分数线的学生，必须"截留"去读高中，低于某个分数线就没有学校可以上了。只有成绩在两条分数线之间的同学才有机会报考中专，吃"商品粮"。）

父亲便指责我："肯定是你想上高中！要不然，你不会留着一道题不做吗？高中还得再上三年，你能保证考上大学吗？"

我百口难辩，心里暗想："我实在不懂这些呀！留选择填空，还是留后面的大题？我又怕留多了再预选不上呀！"

父亲长吁短叹了几日，想找老师走个后门把我再"截"回来，但是终究也没成功，只得暗自难过。（当时社会上谣传：给老师送了礼，就能把已经被"截留"的学生再"截"回来继续参加中专考试。）

一连几个钟头，他都呆坐在小板凳上，紧皱着眉头，用牙咬着用废旧作业本纸卷成的纸烟。烟头火星一闪一灭，堂屋里弥漫着青烟。我知道他很为难，我也很难过，不知道该怎么办。

是的，我的一个堂姐就读了高中，平时考试成绩很好，但是已经复读了两年，每次高考都差一两分，这让她的父母很为难——复读吧怕还是考不好，不复读又觉得很可惜！

那时，我们这个小村虽然已经出了几个中专生，却还没有一个大学生。这个姐姐从小学习就好，所以家人对她抱有很大的希望。但是，听说她一上高中就不专心学习，谈起了恋爱！

于是，有些人得出了这样的结论：女孩子，不适合上高中！

这个像"鸡肋"一样的难题难住了父亲。

几天后，他终于想出了一个高招。

那天中午，我正和母亲一起包水饺，忽然远处传来"当——当——"的敲锣声。这个声音意味着有个瞎眼的算命先生正在用他那独特的招徕生意的方式在小村里慢慢行进。

我甚至能想象出他正一边有规律地敲打着铜锣，一边手持竹竿摸索着往前走。

小时候，我为了验证这种算命先生是否能看见，专门故意与他走个对面。结果，还没到他跟前，他就立刻转身朝反方向走去了。

为此，我曾和母亲说："他肯定是假装的，其实能看见！"因为我离他远时是与他左右错开的，走近了才移动到他对面，这种逐渐变化的细微差异单纯听声音应该是很难辨识的。

母亲告诉我："瞎子的耳朵比一般人的耳朵灵得多！另外，很多瞎子并非一点儿也看不到，他们可以模模糊糊地看到影子。"

我正一边擀面皮一边回想着这一段场景，忽听"当当"的锣声越来越近，最后竟然在我们家大门口停了下来。接着大门"吱呀"一声被父亲推开了，他居然把算命先生带进了我们家的院子！

我很好奇这是干什么，正要问怎么回事，母亲轻轻嘘了一声，示意我不要说话。

父亲拿了一把椅子让算命先生坐在堂屋中间，然后就让母亲告诉他我的出生时辰。

算命先生一边掐着手指，一边说着属相之类的，然后作了个总结："她结婚早不了，对象是个国字脸，婆家在正北，其他的都不成。"

待他说完，父亲便说："俺不是想算这方面的，是想算算她能不能考上大学！"

这位算命先生翻了翻他那白白的眼珠，说："你让她上，她就能考上；不让她上，她就考不上！"

送走了算命先生，父亲和母亲琢磨起算命先生的话来。

"不让上，指定考不上，这不用算！让她上，就一定能考上？"父亲摇了摇头，他觉得并不可靠。

于是，到了下午，父亲又把姑父请进了我家。然后，父亲写了一份保证书，让我签字按手印。

保证书的内容是这样的：

"一、保证成绩在班里前十五名；二、保证不谈恋爱；三、保证只读三年不复读。"

显然，父亲是怕我走上本村那个堂姐的那老路，与我"约法三章"，姑父就是见证人！

我姑嫁在本村，她家就住在沟南，离我家不远。

看来，我没有一点反悔的余地了！

我的高中

高中三年，必将是苦行僧般的三年。

我明白，我必须这样，才不会违背与父亲的"约法三章"。

为了验证我的决心，我在开学的第一天作出了一个非凡的决定。

那天上午，我们这些"截留生"被一辆公共汽车送到了郯城一中校园内。报到后，分完班级，打扫完卫生，就可以回家了。

这时，才不过上午九点多钟。我决定从学校步行回家。

阳历九月上旬，秋老虎的余威仍然咄咄逼人，我却并不畏惧。

平时，暑假里，顶着大太阳在玉米地里薅草、在菜地里刨地对我来说都是家常便饭。步行，对我来说并非多么大的困难。

再说，从郯城县城到我们村，只需一直沿着 205 国道走，不用拐弯。

但是，这一趟总共六七十里路，需要很大的耐力！我则下定了决心，要用这个"开场白"来宣誓！

于是，我挎上包就出发了。

但是，走了有十里多路（我估算的路程，因为已经过了"十里乡"的牌子标志了），我就有些后悔了。

这时正值中午十一点多钟，我累得汗流浃背，尤其是脸上的汗水都流进了眼睛里，又酸又涩，眼都睁不开。天热，我穿的是短袖上衣，又没带手绢，所以只能用手擦汗。

喉咙也干得要冒火！

那时的 205 国道还是用沥青铺成的。天一热，沥青被晒化了，于是路面变得很软，穿着塑料凉鞋走上去，一步一个坑。抬脚时，有时沥青会粘住凉鞋，还得用力往上拔，很是费劲！

于是我想寻求帮助。

当时，机动车辆还很少，好半天也没见到。倒是有几辆自行车和三轮车经过身边，但骑车的都是男的。出于安全考虑，我不敢选择上这种车。

好不容易过来一位骑三轮车的老大娘，我觉得终于看到救星了，便在她经过我身旁时央求她捎我一段路。结果，老大娘瞪大眼睛盯着我上下扫视了一下，便别过脸，脚上猛地一加力，三轮车飞快地加速往北逃走了！

我有这么可怕吗？

正在怀疑时，我看到前面路东边有个池塘，便得了救兵似的加快了脚步。

对着镜子一样的水面仔细一看，原来因为来回用手抹汗，我脸上东一道西一道的，活似一个大花脸。

也难怪那位大娘逃得那么快！谁愿意给自己增加负担呢？关键是这样一个头发凌乱、脸上都是泥道的瘦弱女孩子，万一是个精神病人，那不是自找麻烦吗？

想到这里，我不由得笑了！

我赶紧捧起水洗了洗脸，凉意顿生。

再往前看，路西柳树下有个卖瓜的大爷正因没有顾客光临，闲得没事，闭着眼睛半躺在躺椅上打盹呢！再仔细一看，旁边还有一口压水井！

我又快步过去，先买了几个脆瓜，然后从压水井打出水，手捧着水痛痛快快喝了一肚子，最后用井水洗好瓜，带着这几个脆瓜继续赶路。

接下来的天气好像就没有那么热了！

有了这个经验，我信心更足了，脚步仿佛也轻快了很多。

经过司家乡，再经过庙山乡，终于看到了"李庄镇"的界碑，我心里甭提多高兴了！

此时，太阳已经偏西很多，阳光没那么毒了，偶尔还会被几块云彩遮一下。沥青路也没有那么软了，我的腿也由先前的酸痛变成了麻木，它们只是机械地不断往前迈进着。

过了华埠村，又过了界牌村，终于看到了热闹繁华的李庄镇集市，这意味着，再往北，过了白场村，就到沂东村了。

回到家里时，太阳只剩下一竿子高了。父亲赶集去了，母亲不在家，我洗了把脸，赶紧到菜园里找她。

果然，母亲正带着弟弟们在菜畦里翻土呢！

母亲问我："怎么这么晚才回来？"

我便如实告诉了她，她瞪大了眼："俺娘来！走回来的？那你不累？"

我还是如实回答："累倒不累，就是有点渴！"边说边拿起一把铁锹也翻起地来。

到了晚上，吃完饭，洗完澡，我才发现自己的双脚各磨起了一个血泡！

好像并不疼！

灯光下，我在新的本子上开始了日记写作："万里长征，我开始了第一步！"

后来的三年，也正恰如第一天步行六十多里路的经历。

郯城一中当时的大门是朝南的，校园里有两座楼，一座是正中间的教学楼，另一座是东侧的实验楼，学生宿舍是一排溜一排溜带前出厦的红砖瓦房，教师住宅都是带小院的红砖瓦房。

校园东北角和西南角都有女生宿舍，我们前两年住在东北角，高三那年换到了西南角。

床是双层的铁架子床，高一高二我住在上铺，高三住的是下铺。

因为离家远，我们只能每周回家一次。每次回家，我都会带上二三十张煎饼作为一周的主食。为了防止煎饼长毛，我们一回到宿舍就忙着扯绳子晾煎饼，待晒干了，再收起来。吃饭时，就用开水泡干煎饼，再就着黑咸菜。因此，前一两天的煎饼是能卷着吃的，剩下的就只能泡着吃了。

偶尔，母亲会给我煮上两个鸡蛋，要不然就用鸡蛋炒咸菜，有时也用肥肉渣子炒咸菜，装在玻璃罐头瓶里，这就成了一周的菜。

家住城里的同学，就不必这么辛苦了。他们通常中午不回家，晚上回家住。于是，有时候，可以看到他们的饭盒里装着鸡肉。慷慨的同学还分给我们尝。不过，更多的时候，他们就吃食堂去了。食堂里有热腾腾的馒头，也有鲜美的炒菜，可是我从来没进去买过一次。因为那肯定得花很多钱！

父亲也给我零花钱，我不舍得花在吃饭上，因为蜡烛才是我最需要的！

有时，煎饼吃光了，我也去大门口买米饭。

我至今还记得那个推着车子卖米饭的老太太的样子，估计她对我的印象也很深刻。因为我每次买米饭都会跟她讲价钱。五毛钱一碗，我总是买两毛或三毛钱的，还总想方设法让她再给我多添点。

这个讲价钱的习惯一直跟随我，后来我在公安大学读研究生时，被人冠以"砍价大王"的称号。

李庄镇是郯城县最北的乡镇，沂东村又位于李庄镇北面，于是我成了县城以北家庭离学校最远的学生。

这个时期，父亲淘汰的那辆旧的"大金鹿"自行车就成了我的"坐骑"。虽然它的铃铛不响，虽然它的脚踏板常常掉下来，只剩下一根铁棍，但是它始终勤勤恳恳，兢兢业业。

偶尔，我的"大金鹿"也有"罢工"的时候，班里的团支书S便将她的小"凤凰"借给我用。

"大金鹿",又高又大,还有横梁。小"凤凰",则轻巧灵便,一抬脚就能骑!

我很感激,后来考上大学后也常常去她家拜访。

我苦行僧般的生活让很多同学印象深刻:三点一线,除了读书学习,就是写作业做练习题;吃饭用的时间不会超过十分钟,睡得最晚起得最早,起床后还在操场上跑步!

体育课上,老师发现了我长跑的潜质,班主任便让我参加越野赛,每次也能得个奖项。

英语老师沈明凤特别喜欢我,还让我做了英语课代表。

功夫不负有心人,大小考试,我的成绩都稳居前茅。

很快,到了高一暑假期末考试,我的成绩突然滑落到第十八名。班主任王老师将我叫进办公室反思。

思来想去,原来我开始早恋了!

是的,我的同桌是一个眉清目秀的男生,他经常向我请教问题,我也乐于给他讲解。不知从什么时候开始,我喜欢穿漂亮衣服了,还唯恐自己身上味道不好,洗发洗澡都勤了!

毫无疑问,这影响了我学习的专注度!

我认认真真写了一份保证书,交给了班主任:"一定改正!请老师调位!"

回到家里,父亲问我要成绩单时,我害怕极了,支支吾吾不敢说,担心他不让我上学。

但是,我明白,纸里是包不住火的,最终还是讲出了实情,并保证不会再有第二次了。

父亲叹了口气,却也给了我这个机会。

暑假过后,开学的第一天,我骑着自行车载着书本和被子等返校了。

刚到校西侧那条南北路上，还没拐进大门前的那条东西路，我远远看见我的同桌正在前面骑车。他骑得很慢。

我心里一惊：怎么这么巧！

于是，我赶紧放慢速度，而且比他还慢。我可不想再见到他，便希望他没注意到我，直接回学校就算了。

结果，并非如此！

他扭过头冲着我说："快点！"那声音里满是埋怨，还夹杂着命令。

我稍微停顿了一下，便加快速度从他身边疾驰而过，径直往学校大门口方向骑去。

上课时，我的座位仍在第一排，同桌则换成了一个女生。

我不知道，也不想知道他调到哪里去了，反正至少不是前三排，因为从进教室到在座位上坐好，我的视线里没有这位同学。

我的学习成绩又恢复了正常。我也恢复了往常的学习方法和习惯。

直到高三最后填报志愿，我都没与他再有任何的交往和交流。

那时填报志愿是在高考之前的。

父亲认为当老师既轻松，又受人尊重，便极力向我推荐报考师范。他还说："千万别好高骛远，能考上就行！"

我对其他职业根本不了解，但老师却是自从上学便知道的。我也很向往自己能够站在讲台上。

我又找我最信任的沈明凤老师请教，她对我说："曲阜师范就很好，我就是从那里毕业的！"

于是，我将志愿全部填成了"曲阜师范"，以我的平时的成绩，考这个学校还是绰绰有余的。

那时填报志愿是全班同学一起坐在教室里，各自在一张大纸上填写好，然后将志愿表交给班主任。

班主任强调："一定要在'是否服从调剂'一栏上画钩，否则就有可能'滑档'——虽然分数够了，但是没有学校录取你！"

我赶紧在"是否服从调剂"旁打上了钩。

填完志愿表，同学们坐在教室里叽叽喳喳地小声说着话，我也淹没其中。

忽然，一个身影从后面蹿过来，接着将我的志愿表抢走了。我定睛一看，是那个曾经的同桌！我眨巴眨巴眼睛，没弄明白是怎么回事，拿我志愿表做什么？想看看我报了哪里？想和我考同一所学校？

正在疑惑时，我的志愿表又从后面送回来了。

我只能假装什么事也没发生。

高考那几天，天气又闷又热，夜里集体宿舍里总有人在小声说话，我好像没怎么睡觉。考试时，我觉得耳朵里嗡嗡作响，简直就是浑浑噩噩。

很多同学的家人给他们买了营养补品，豆奶粉、麦乳精、蜂王浆……一盒盒、一袋袋、一瓶瓶，我都从来没见过。我依然吃煎饼卷咸菜——不过，这次的咸菜里的肉丝多了一些。

同乡镇的女同学刘宗华发现了这个情况，便分了一些补品给我。原来，麦乳精的味道是甜丝丝的！

后来，她考上博士，又做了博士后，留在广州一所大学里当了教授，我们俩成了无话不谈的"闺蜜"。

张榜那天，父亲和我一起骑自行车去县城看榜。教育局的西墙上张着一排溜几十张大红纸，纸上写满了名字。本科线是 529 分，我看到自己的名字在本科线下边，528 分。差一分，我心里有些难过。但父亲并不觉得，他认为："不管大专还是小专，只要能吃上商品粮就行。"

一转头，我看到不远处有辆支起来的自行车，那个曾经的同桌正立在自行车旁。我猜，他大概已经在这里等了很久。

可是，我并不能与他说话。

这是我俩最后一次见面，之后我再也没有见过他。后来，同学聚会，他的身影也没有再出现过。

我以为自己要读专科了，可是不久之后，本科分数线又降了一分，那意味着我可以上本科了，但并不是自己填写的志愿。

会被哪所学校录取呢？

在忐忑不安的等待中，我终于收到了"莱阳农学院"的录取通知书。

这是什么大学？我根本没听说过！

于是，我便想着再复读一年。父母坚决不同意："能考上本科，就已经不错啦！管它什么大学？将来都是一样的！只要管分配，有工作，能吃上商品粮，不用再打庄户（种地），就行！咱庄上，能考上本科的，你还是第一个呢！"

可是，以我平时的成绩，怎么着也得上个一本吧！我们班里好几个成绩比我差的都被名牌大学录取了！我的心里自然不服！

整整一个星期，我一直生气地躺在床上不吃饭。父母见我这样，也没再多说什么。

刘宗华被烟台大学录取了。她也有些不大乐意，便约着我一同回学校找老师聊聊。

于是，我俩骑车又回了一趟郯城一中。

原先热闹的校园此时已变得冷冷清清了。

刘宗华说："咱得买点东西给老师表示感谢。我们班主任最爱惜时间了，我打算送给他一个钟表。"说着，她从包里掏出一个闹钟来。

这个闹钟很别致，一看就是她精心挑选的。但是，这听起来好像不怎么好。

于是，我提醒她："送钟表，和'送终'是谐音，你们班主任年纪那么大了，恐怕他会有忌讳呢！"

她听了便猛然一拍脑袋："哎呀，我没考虑到这方面！"

所以我们改买糖果。

我去拜访了沈老师，告诉她我想复读。

沈老师是个性格很直爽的人，赶紧阻止我："千万别复读！能上本科，就上！要是对学校不满意，就再考研究生！"

我听从了沈老师的建议，老老实实准备去上莱阳农学院了。

第二辑　渐行渐远

父母的爱情

七夕节快到了，这是中国的"情人节"，据说是牛郎织女相会的日子。

这不由得让人对爱情两个字心生遐想。

母亲今年已经七十岁了。她是属虎的，与我父亲同一个属相。

母亲对爱情的看法影响了我一辈子。

她说："嫁鸡随鸡，嫁狗随狗！"她是这么想的，也是这么做的。

父母结婚那个年代，已经"破除四旧"，但是母亲仍然会听到周围的非议："一山不容二虎。"大概意思就是说，属虎的男女结合不好。但是这并没影响母亲的决心。

结婚后，母亲四年里生了三个孩子。

记得八九岁时，我曾问母亲："俺大大（当地土话，父亲的意思）长得那么难看，你是怎么看上他的呢？"母亲笑了："那会儿，觉得他是高中生，有学问！"然后她又问我："你看是我长得好看，还是桂莲她娘长得好看？"我立刻回答："谁都没有俺娘长得好看！"

母亲笑得眼泪都出来了。

可不是嘛，我娘皮肤白，眼睛大，谁也比不过她！其实，等我长大后仔细回想，桂莲她娘比我母亲漂亮很多：个子高，鼻梁也高。但是那个年代，那个年纪，母亲在自己心中总是最漂亮的，大概这是人之常情吧。

我时常觉得父亲配不上母亲。父亲又矮又瘦，还经常板着脸批评我们姐弟，我怎么会觉得他好看呢？

十多岁时，我又一次追问母亲嫁给父亲的原因。这次，她沉吟片刻后回答："那个时候，我觉得他是高中生，打不了庄户！"是的，父亲是老高中生，学习成绩相当好，但是因为"文革"，没能参加高考。

"嫁鸡随鸡嫁狗随狗"，不管父亲干什么工作，母亲总是支持他，好像也没有别的选择，只能跟随他。

从我记事起，村里人常这样说我父母："你看人那两口子，整天跟鸳鸯似的待在一块！"

是呢，菜畦里，篱笆旁，水井边……他俩虽偶有争吵，却形影不离。父亲甚至希望母亲能够学会骑自行车，和他一起到集市上卖菜："看梨花她娘，都能骑自行车和男人一样赶集卖菜！"

母亲哪一样也不输我们的东邻梨花她娘，无论是洗衣做饭，还是去地里收割庄稼，菜园里种菜摘菜、打水浇菜……唯有骑自行车，母亲不如她。

二十世纪七八十年代，自行车是农民最重要的交通工具。菜农们骑着它，把自己种的菜放在驮篓或麻袋里，运到附近集市上卖掉换钱。

于是，母亲决定学骑自行车。

有月光的晚上，父亲把车后座上绑着长木棍的"大金鹿"推到麦场里，让母亲学骑自行车。

母亲坐在车座上，父亲在后面推着跑，我们姐弟仨在一旁围观加油。母亲胆小，父亲刚放开手，母亲便惊呼："哎……"自行车还没歪倒，她便吓得直嚷。车倒了，后面的长木棍支起一个三角形，为母亲撑出一块安全空间。父亲赶紧跑过去扶："没事，车子后面有棍子，车子歪了也砸不着人！"大弟脑袋灵活，也跑过去教母亲："娘，车要歪，就赶紧奔麦穰垛！"是呵，麦穰是软的，伤不着人。

我和小弟则只是在旁边傻看。

不一会儿工夫，绑着长木棍的"大金鹿"便一连歪了两三次，还钻了两三次麦穰垛。夜深了，我们一家人沿着围村路往家赶去，一路撒下许多欢声笑语。

一连学了七八天，母亲还是不敢骑，便想放弃了。她对父亲说："不行，我看还是别学了。他三婶子比我年轻五六岁，也没学会。"父亲劝她："再学几天看看！"母亲只好又学了三四天，还是没有学会。父亲只好叹息着边摇头边无奈地看看"大金鹿"，又看看那根立在墙根的长棍，挠挠后脑勺，接受了现实。

从此以后，母亲再也没考虑学自行车。直到现在，她也不会骑自行车。好在后来九十年代末，有了脚踏三轮车，母亲再也不用徒步远行了。在那之前，除了年轻时父亲用自行车带着她出过远门，母亲平时无论是去附近的菜园，还是到好几里外的庄稼地里，甚至带着我们姐弟仨回十里以外的姥姥家，都是步行的。

年轻时，父母偶尔也吵架，这是我们姐弟仨最害怕的事情。尤其是吵完架之后，母亲便生气要回娘家。有一次吵完架之后，母亲真的走了。那时天快黑了，父亲就让我们姐弟仨沿着围村路喊"娘"。我们姐弟仨照做了。果然，在一畦辣椒旁，母亲探出了身子，我们高兴极了。父亲是聪明的，他知道母亲一定舍不得我们姐弟仨。现在想来，我们姐弟仨在空旷的田野里此起彼伏地喊着"娘"，就像几只离散的小羊羔声声呼唤着找羊妈妈。这场景，母亲能不心疼吗？

母亲的心儿很软，手儿也很巧。

年轻的时候，她还会绣花，出嫁时的枕头皮儿都是她自己绣的。到现在我都记得它的模样：深蓝色粗布作底，粉红深红的花瓣、鹅黄色的花蕊、翠绿深绿交织成的茎叶，这是一对盛开在枕头两侧的牡丹图。

绗鞋帮、纳鞋底儿，这些活儿都不在母亲话下。记忆中，冬闲季节，母亲便与婶子大娘们坐在瓦房前的暖阳里，一边说说笑笑，一边用针将五彩的花线一点点变成美丽的图案。

父亲的手也不笨。他会编柳筐，也会织稻草苫子（冬天用于盖在蔬菜大棚上保暖），还会将泥巴与麦穰和在一起做成泥台锅灶。老家里的好几个土锅台，都是父亲亲手做成的，到现在都还能用哩。

到了庄稼地和菜园里，父母那灵巧的双手便操起镰刀锄头锄草种菜，犹如在大地上作画。印象里，我们家的菜畦埂永远是最高最硬的，我们家的庄稼地里永远没有野草。

父母的勤奋是远近出了名的。父亲有一句挂在嘴边的名言：力气就像泉水，舀干了还会再来！不舀，泉眼就会被杂草和石头堵死！现在想来，这朴素的话语中蕴含着深刻的科学道理呢！我也常常这样给自己鼓劲：生命在于运动。

父亲识字多，字写得也好看，喜欢握钢笔的手却只能天天与铁锨和锄头打交道。不能不说，这是命运的捉弄。

记得我上初中时，他总喜欢用钢笔或铅笔在我们用过的草稿纸和本子的反面写字。母亲便在旁边责怪他："你说你写这些还有什么用？"他边写边叹息："没用，确实没用啦！"

恋恋不舍地回望着那些字，他摇着头去侍弄庄稼和青菜了。但是，隔不了几天，这个场景又会重演。

喜欢的，却不能在一起；不喜欢的，也能处得不错，因为后者是责任，也是经济根基。就像很多人有个梦中情人，而现实中也照样把婚姻家庭打理得美满幸福一样。

父亲是个认命的人，也是个知足的人。

他常常拿身边的例子教育我们：某某，年轻时整天打老婆，不疼老婆，结果老婆早早去世了，自己从四十多岁起便一个人过，后来儿女们都成家立业了，他就孤零零的，多可怜！某某某年轻时，看不上自己的老婆，整天折磨她。结果，老婆很年轻就去世了，他就续娶了一个，前一窝后一窝的，整天惹是生非，哪有好日子过？

最后，父亲便会总结一句：对老婆不好的人，过不上好日子！

我这样理解父亲的话语：珍惜已经拥有的一切，疼爱离自己最近的人，家庭才能够幸福美满！

如今，父母已是古稀之年，儿孙满堂，依然出入成双。

这是村里多少人羡慕的事啊！

娘

娘今年七十岁，与新中国同龄，她一辈子与泥土打交道，是个地地道道的沂蒙农村妇女。

娘生下我姐弟三人时已是二十世纪七十年代末，改革开放的春风已吹遍大江南北。和我们同龄的同村小伙伴都不再像父辈那样土里土气地管母亲叫"娘"了，而是叫"妈妈"。可是我们的母亲非让我们喊"娘"不可，她说这听起来更亲切。为此，我们姐弟仨常常被堂姐堂弟笑话，也常被调皮的小伙伴们嘲弄，娘本人也往往被舅舅姨妈们奚落。娘却不以为然，笑而置之不理。父亲便笑着说："你娘这个人思想上是'土老冒'！"

是的，娘不但思想上土里土气，穿衣打扮也不洋气。自我记事起她从头到脚就没穿过鲜亮的颜色，灰蓝色居多，就算穿件红色衣服，也都是低调的暗红色。她从来没有一件大红大绿的衣服。六七十岁的大娘婶子们都爱穿鲜艳的大红大绿，我也觉得年纪大了穿点亮色显得精神，就想给她买些。她一听就直摇头："俺穿不出去那么鲜的颜色！千万别胡乱花钱！"

有一次，我到北京出差，专门给娘买了一双枣红色的老北京布鞋。结果，她生气了："这种颜色太亮了，我穿着不合适！"她一次也没穿过，直到一年后我怀孕生二宝时，娘到我家里帮忙照看孩子，她又把这双枣红色老北京布鞋拎给我："崭新，你穿正合适！"我哭笑不得，只好从命了。

娘很土气，却从不小气。尤其是对待亲朋好友和邻居，她总是乐善好施。菜园里的新鲜时令蔬菜是她和父亲辛勤劳作的成果，每到收获季节，她总是今天抱给姑姑家几棵大白菜，明天给婶子家拔上几根大萝卜，后天又给舅舅捆上一捆芹菜菠，再几天给大娘家拤上一篮辣椒茄子黄瓜米豆。

娘长得俊，皮肤白，但她从来不化妆，也从没穿过高跟鞋。

娘的心里永远装的都是自己的儿女。她不会骑自行车，不管是回姥姥家，还是去赶集，或是到田野里帮父亲种收庄稼，这些路都是用她用脚一步步丈量出来的。直到娘六十岁左右的时候，脚踏三轮车走进了千家万户。从此，她出门的速度一下子加快了。现在她正帮着照看才一岁多的小孙女，下半年，我小弟全家就要从罗庄搬到兰山来了，离我家也不远。于是，她便念叨着把她的三轮车也搬过去，说那样就可以骑车到我家啦！

万元户

我第一次听说"万元户",是从我一个堂姐的口中。那时,我上五年级。

我记得很清楚,那时我们要从我们村到青山村去上学,有一条必经的土路——围村路。就是在这条路上,我听到堂姐说:"俺二叔家的钱,多得得用麻袋装!"

我非常诧异,立即反问:"我怎么没看见?你怎么知道的?"

她说:"我爹说的,你家是万元户!"

是啊,那个时代,两分钱就能买一支冰棍,三分钱买一支木杆铅笔,五分钱就可以买自动铅笔了。

我想,要是有一万块钱,肯定得用麻袋装!堂姐的话是有道理的。

可是我并没有发现我们家有这么一个大麻袋呀!我们家的大麻袋是用来装玉米的!

我又想,要是那么有钱,母亲怎么会舍不得给我买自动铅笔呢?

所谓自动铅笔就是那种可以换铅芯的塑料铅笔。

我看中了小卖部里一支粉红色的塑料自动铅笔,央求母亲很长时间了,她都舍不得给我买:"别乱花钱,用木杆的也是一样!"

不光舍不得给我买自动铅笔,父母都舍不得添新衣服,他们的衣服上都打着补丁。

因此我坚决地否认:"不可能,你肯定是弄错了!"

但是等到我上初中的时候,我才明白,我家真的是万元户!

原来，勤劳能干、省吃俭用的父亲把钱攒起来存到了镇上的银行里，并不需要用麻袋装！

　　因为整个乡镇没有几家万元户，银行为了鼓励储蓄，专门表扬我们家，还经常让万元户派代表去银行开会。

　　我是我们家的老大，又恰好此时已经到镇上读初中了。

　　有一次，银行有开会的任务，因为父母都很忙，就派我去当代表。

　　这时我才开始真正相信自己家原来真的是万元户。

　　银行还给万元户每年一些奖励，每年组织到杭州去旅游一次。

　　这个旅游的指标是：每家万元户去一个人。我们村上有两户人家，另一户是村支书小磊家。

　　父亲便与母亲商量："平时你在家忙，连自行车都不会骑，这会儿旅游，你跟着人家一起去玩玩吧！"

　　母亲很高兴，但是又有些犯愁："我倒是很想跟小磊他娘一起去。但是我晕车！"

　　干过赤脚医生的父亲就赶紧给母亲买来了晕车药，还给她准备了一大块生姜和一袋糖姜片。

　　记得那是一个春天，母亲旅游回来，给我们姐弟仨买了好多非常时尚的衣服，那些衣服在乡镇上是买不到的。其中，给我买了一条"一脚蹬"，就是那种裤脚可以踩在脚底的紧身裤。它的面料我记不清是什么了，只记得隐隐约约闪闪发亮，与我们平时穿的"的确良""涤卡""条子绒"都不一样。

　　这条黑色的紧身裤从初中一直伴随我高中毕业，后来不知弄到哪里去了。

　　第二年，父亲又把这个机会让给了爷爷。

　　我印象中，父亲一直没有参加过这种旅游。

　　现在想来，父亲的胸怀是多么宽阔呀。他明白家庭当中妇女的重要性，也明白孝顺父母的重要性，更懂得教育孩子的重要性。

等到后来，我们姐弟几个想通过读书改变命运时，父亲十分不解："种菜不也很好吗？只要勤快不懒，就饿不着！干吗非要读书上学呢？"

但是我觉得他打心底里还是愿意让我们考出来，替他实现自己当年没有读大学的愿望。但这句话从来没有从他嘴里讲出来过。

我了解我们家这个"万元户"称号的来之不易。

每天早晨，天还黑漆漆的，父母便起床了。把昨天晚上准备好的菜放在那辆"大金鹿"自行车上，喝一碗母亲给他做的鸡蛋汤，父亲便骑着沉重的"大金鹿"出发了。他要盘算着到哪一个集市上菜能卖得更好、价格更高。为了多卖钱，他曾经骑着自行车穿越上百公里，往北去过费县，往西去过罗庄、苍山，往东去过临沭，往南去过江苏东海。

中午简单啃点煎饼，下午便又骑车返回家里。

一年三百六十五天，只有大年初一那一天，父亲能够休息一下，其余的时间，不是在田地里劳作，就是到集市上买菜，没有消停过一刻。

春天的风沙，夏天的暴雨，秋冬的霜雪严寒，什么也阻止不了他，什么也难不住他！

父亲的身高只有一米六五左右，体重最多也就一百一十斤，在村民中显得矮小瘦弱，但是他的强大精神，没有几个人能比得上！

这大概就是父亲能够成为万元户的原因吧！

父亲的手

　　父亲的手，长满了黄茧，骨节都凸了出来，看起来就是普普通通农民的手。

　　但是，这双手喜欢写字。因此母亲还常常生气："你说你一个老农民，整天写呀画呀，有什么用？"

　　这个时候，父亲往往挠挠后脑勺，笑一笑，就走开了。

　　父亲是高中毕业，在那时的村里算得上是高学历了。

　　那个年代，喜欢念书的人不多。比如他的双胞胎弟弟，也就是我三叔，就不喜欢读书。据说他小时候一听到上学堂就害怕，后来连自己的名字都不会写。幸亏他脑子还算好使，算数还行。要不然，到集市上卖菜，连算账都不会，怎么赚钱养家呢？

　　记忆中，父亲常常在我们写作业时也拿出铅笔，找个桌子角坐下，在我们用过的作业本的反面，一笔一画地写着，口里还常常念叨着："我可羡慕人家写字好的人啦！我那个老师写的那个仿宋体真好看呀！"

　　那个时候，我根本不知道什么叫仿宋体，但是从他那种真诚而又羡慕的眼神和神态里，就能体会到其中的美。

　　父亲当然知道写字对他已毫无用处，却总也改不了想拿起笔写字的习惯。

　　闲来无事，比如阴雨天无法出门或是吃过饭休息的时候，倘若附近有书本或者是我们写过的作业纸，他就会用手拿过来，歪着头反复地端详半天，仿佛文字在他的眼里就是百看不厌的艺术品。

"行了，别看了。"母亲又在一旁唠叨了。

父亲便将身子移向另一旁："这不是闲着没事儿吗？"

全家人都知道他有这个习惯，没有一个搭理他的，他也并不觉得无趣。

父亲的手虽然粗糙，却十分灵巧。

他不但会种庄稼种菜，还会支锅、砌墙、织苫子。

我们家里的那几口土锅，都是父亲支起来的。

先用砖头砌好支架，再将黄泥掺和上碎麦穰，一点点把锅台"泥"好，既要符合铁锅的尺寸，又要将烟囱等打磨通畅，还得把锅台表面涂抹得光滑美观。做好的锅台，俨然是一件艺术品。

我们家里有好几口锅，有烧稀饭的钢精锅，有炒菜的小铁锅，还有蒸馒头用的六印铁锅。

每一个锅台都是父亲精心的"杰作"。

婶子大娘到我们家里来玩，都称赞不已："哎哟，他二叔的手还真巧呀！"

冬天来了，种菜的塑料棚需要草苫子覆盖在外面保暖。父亲便会提前买来一地板车稻草，然后支起木架子，用四块砖头当"坠子"，用尼龙线和稻草织起稻草苫子来。

织稻草苫子是比较简单的，因为它的边缘不需要专门制作，用一小把一小把的稻草平行编织就行了。

父亲也会编麦秸苫子。这种苫子，是我们小时候用的床垫子。

这种活，技术含量并不是很高，但需要很大的耐心。一小绺一小把地把这些麦秸用尼龙绳系紧，这需要十分均匀地用力。尤其在编苫子的边缘时，需再拧些花边，这更考验眼力和耐心了。因为不但要保证每行都均匀分布，而且还要保证双侧对称！只有这样，织出来的苫子才会美观大方。

到现在，我仍然记得父亲的手在苫子帘上翻飞的情景呢。

据邻居们讲，我父亲年轻的时候还会吹笛子。

但是，父亲从来没在我们面前演示过。

前段时间，父亲身体不好，到我家里来住了几天，我问起他这件事情。

他说："吹笛子比较简单，识谱就行，就那几个眼儿！二胡难拉！要一手摁着弦，另一只手还得试探着弓，弓的软硬和快慢都会影响曲调！"

看来父亲不仅会吹笛子，还会拉二胡呢！

好的，过段时间，我就打算给他买笛子和二胡，看看这双手放在笛子和二胡上会是什么效果呢？

棉袄

冬天里，棉袄是我们小时候抵御寒冬必不可少的厚重衣服。

那时候的袄，都是用棉花做成的，一般都由母亲亲自裁剪，然后一针一线缝起来，又厚又重，绝对"压风"！

在上五年级之前，我的棉袄都是大襟的，扣子钉在衣襟左侧，能够护住整个肚子。据说，这是汉族的传统服饰："右衽"。这种袄，在一些影视剧里常常可以看到，它是我们鲁南地区以前的常见服饰。

这种样式，虽然土气，但是绝对保暖。不像对襟袄，冷风一吹，直接就能吹到肚子上，胃就特别容易受寒。

不过，现在这种穿着已经很少见了！

爷爷那一辈都穿这种袄，到了父亲那一辈就已经基本没人穿了。后来，爷爷七八十岁的时候，姑姑给他做的新袄也都是对襟的，但是，他仍然喜欢把它当成大襟的衣服穿，根本不扣扣子，只是把两边衣襟互相交叉，然后用一根很粗的布条勒住而已。我的印象中，爷爷那一辈的人好像都是这样打扮的。如此看来，衣着打扮是在我生活的小村也是分年龄、分年代的。

棉袄，是个"大件"，不像外面的褂子裤子那样每到新年就新添一件。但是，每一年，我们这些小孩子的个子都在长高，原先的袄就显得短小了，怎么办呢？母亲便会在棉袄的最下面和袖子这两个位置再"帮"上一截。连续"帮"上两三年，我的棉袄便成了彩色的。因为每年"帮"的布花色都不一样！以前我觉得这是一件很丢人的事，现在想来，那也是一种美呢！

父亲的袄，比我们小孩子的要厚，因为他常常早晨天不亮就出门，所以母亲给他做的袄是最笨重的。这常常遭到弟弟们的嘲笑，他们认为轻便时尚才好看！可在父亲看来，实用才是最重要的。他的棉袄，通常都是用黑色的棉布做成的。有的棉袄一穿就是十几年，里面的棉花都已经结成了疙瘩，有的地方都露出了棉絮，父亲仍然不舍得扔。他说："人有三件宝：丑妻、薄地、破棉袄！"我不明白他的意思。他便解释："这三件，别人不会惦记，对自己就是永远的宝！"

到后来，这个理论被我在自己的生活中广泛地应用。大学时，为了方便通行校园需要购买自行车，我首先想到的就是二手车，而且样式绝对要普通不惹眼。这样，小偷就不会惦记。找对象时，也觉得如果对方广泛招人喜爱，是有危险的。因为那样就可能被别人惦记，我可不想生活在整天争风吃醋的生活中！再慢慢推演出去，安全成了我为人处世的第一原则！

上了大学之后，周围的许多同学都不穿棉袄了，我也开始穿起带拉链的夹丝袄。等到参加工作后，有钱了，我还穿上了时尚轻便的羽绒服。我以为，从此我便与棉袄告别了。

后来，等有了宝宝，为了孩子的保暖，我第一个想到的仍然是小棉袄。因为从自己的切身感受来说，羽绒服到底还是比不过棉袄。

这又让我想起一句古语："女儿是父母的小棉袄。"的确，女儿经历过生育养育孩子的辛苦，会更深刻地体会做父母的不容易，所以大多会像小棉袄一样对父母体贴入微！而且一遇到风寒，棉袄就会发挥它的保暖功能呢！

卖瓜记

年逾不惑，临近春节，看到超市里陈列的那些红瓤、黄瓤西瓜，我不禁想起了自己卖瓜的经历。

二十年前，我还是一个黄毛小丫头，终于挤过高考的"独木桥"，成为我们那个小村庄里的大学生。按当时的说法，就是端上了"铁饭碗"，因为那时的大学生毕业是包分配工作的。

但是，暑假回家，像以前一样，我们仍需帮着家里干农活。

以种菜为生的父亲是这样教诲我们的："没吃上国库，就得干农活！就算考上大学，也不能'烧包'！到哪里，咱都不能忘了本！"

那一天，天刚亮，我便与父亲一起拉着满满一地板车的西瓜到临沂城里赶集。我在地板车左侧系上一根细绳，用自己的肩膀为父亲减轻负担。

沿205国道前行，到梅埠桥头时有个很陡的斜坡，我们必须深深地弯下腰，才能保证地板车继续前行。

我能看见车绊深深勒进父亲肩头的肉里，汗水浸透了父亲的布衫。我自己的肩膀也火辣辣地疼。

将近三十里路，我们一步一步地丈量着，两个多小时后，终于到了目的地：南关菜市场。这时太阳刚好有一竹竿高。

父亲满脸笑容地向菜贩们推销自己的西瓜："这是'金钟'，薄皮沙瓤，不熟不要钱，不甜不要钱！"

西瓜陆续卖出，父亲用杆秤一个个称好，我则帮着照看瓜车，时而帮着搬运和码放西瓜。看着一个个绿皮大西瓜换成钞票，我心里美滋滋的，比吃了西瓜还甜。

我们正攥着破布手提包高兴地往里面塞毛票，从西边巷里来了几个男青年。这些人一看就是"街滑子"，走起路来摇头晃脑，好好的衣服要么斜搭在肩上，要么挽到胸部，露出圆圆的肚腩来，还有的干脆光着膀子。他们转了一圈，来到我们的瓜车前。

"老头，你这瓜多少钱一斤？"

"一毛五！"又矮又瘦的父亲讪笑着。

"你说不熟不要钱，是吧？"

还未待父亲点完头，其中一个家伙便拿起一个大西瓜，用手敲了敲，侧耳听了一下，另一只手便"嘭"的一声打开随身携带的弹簧刀在西瓜上割出一个大大的三角块，将这个三角块取出，鲜红的瓜瓤露了出来。我不禁咽了一下口水，那沙融融的顶尖让我原本快要冒烟的喉咙更难受了。

"哈哈，才七分熟！不能给钱！"边上另外几个人嚷着。

我张开嘴巴，刚要说话，父亲狠狠地瞪了我一眼，咳嗽了一声。我只好把要说的话咽了回去。

父亲很坦然地说："这个不熟，白送给你们啦！"这群青年满意地离开了。

后来，父亲对我说："这种人是地痞流氓，他们非便宜不占，净干些坑蒙拐骗的事！咱们老百姓惹不起他们！他们人又多，哪有道理可言？一生气，就会把咱整车的瓜都给砸烂了！"

若干年过去了，我成了一名警察。每当出警时，我就会想起卖西瓜的经历。

正是这些亲身经历，让我更加了解普通老百姓生活的不容易，也更加明白警察工作的价值和意义。

隐蔽的父爱

小时候，我很讨厌自己的父亲。因为他总是不苟言笑，总是那么严肃，总是一副训人的口气。

不但我不喜欢他，俩弟弟也不喜欢他！我的堂姐堂弟们也一看见他就逃得远远的。直到现在，他们仍然这样说："我们一见他，就唯恐自己哪里做得不好，被他数落。"

是的，父亲是一个对孩子要求特别严格的人。

从吃饭时座位的次序到从碟子里夹菜的位置，再到吃饭时吞咽的声音，他都有严格的规定，不准乱来。

村里人都说，如果我父亲在地上画个圈，让我们姐弟仨站在里面一整天，我们姐弟仨就没有一个敢出去的。

因为对人严格，他的双胞胎弟弟，也就是我三叔，也很反感他。

记得曾经有一次，他们兄弟俩进行了一次激烈的讨论。三叔说："不用管那么严！树大自然直！"父亲便瞪大了眼睛："哪是自然直？小树就得常打杈！一看见长芽就得给掐去。要不然，等那个芽长大了，长成大树枝，到时就是用斧头砍，也没用了。"

父亲不但对我们的生活要求严格，也从来没有溺爱过我们。

从能干活开始，我们姐弟仨就得干力所能及的农活。从一开始的拔草到后来的锄地、栽菜，再到后来的收粮割麦。

村里人都说父亲："有牛使牛，无牛使犊！"意思是笑话他不知道疼爱小孩。他却只是笑笑，并不答话。

父亲对儿子和闺女的要求也不一样。他多次对我讲："女孩子，不能胡乱和别人开玩笑，要不然，得不到别人的尊重！"

"女孩子，不用穿得花里胡哨，干净整洁就行！"

"女孩子，学习好坏不要紧，关键是得学会洗衣做饭。"

于是我十一二岁的时候，他便让母亲教我洗衣服。母亲反驳："她洗不干净，白衣服都能给洗乌了！"

父亲并不生气，坚持说："刚开始都不会，你多教教她，多洗几次就会了。"

无奈中，我用了三四年的时间终于学会了洗衣，也在无奈中学会了擀面条、烙油饼、蒸馒头、包水饺，就是不会烙煎饼。

煎饼，是我们这里的主食。烙煎饼，不但要蹲在热鏊子前好几个小时，而且要掌控火候，要是火候掌控不好，煎饼要么太厚不熟，要么就焦煳，揭不下来了。

所以一提到烙煎饼我就害怕。

等到高考结束，父亲便让母亲教我烙煎饼。

母亲为我辩解："人家都是到了婆家就自然会了！"

父亲却坚持："先学会，到婆家就不用吃苦头了！"

我也说："我烙得不好，没人吃！"

父亲便说："没事，我吃！"

一看，实在没有后路可退了，我只好学母亲的样子蹲坐在热鏊子前，开始烙煎饼。

果然，第一张煎饼和薄油饼差不多厚。

可是，父亲一直在旁边等着，果然把这张厚饼给吃了，还直夸香。

结果，不久，我的大学录取通知书来了！

父亲笑着挠挠后脑勺："嗯，考上大学，吃了国库，不学烙煎饼也行！"

我长舒了一口气，总算不用学烙煎饼了！

我曾经很厌恶父亲，甚至把他当作自己的仇人。

上初中时，我曾在提水用的铝壶盖子反面用削笔刀刻上"君子报仇，十年不晚"。

可是，十几年过去了，我也有了自己的孩子，这才体会到父亲隐藏在严格背后的深沉的爱。

有一天，我回娘家时，想找出那把铝壶，结果发现壶盖早就不知哪里去了。

母亲问我找它干什么，我便把事情经过告诉了她。

母亲都笑出眼泪来了。

现在，我才总算明白：父亲的爱，像大山，隐藏在雾气和草木之下！只有走到远处，才能体会到它的伟大。

父亲的芭蕉树

父亲是 1950 年出生的，是村里为数不多的高中生。在那个年代，他算得上一个有文化的人。

后来阴差阳错，父亲还是从事了农业劳动，成了一个地地道道的农民。

但他总能从艰苦繁重的农业劳动中找寻出很多乐趣来。

高兴起来，他便会吹起口哨、哼着歌曲。

在我上初中的时候，父亲还在老家的小院里靠近压水井的地方布置了一个小花园。小花园里最显眼、最庞大的植物就是那棵芭蕉了。

它的叶子是那样宽大，又是那样碧绿，与周围那些植物迥然不同。就算是宽大的梧桐叶子，也不能与它相比。

小花园内还有葡萄、"步步登高"、大丽花，小花园外则是杨树、槐树。周围其他植物的叶子都是椭圆形的，叶脉也都是拢向叶柄的，而且叶脉都有分叉，像越来越细的树枝一样，形成一张张小网。

芭蕉则迥然不同。

它的叶子又长又宽，叶脉之间也都是平行的。最关键的是，它的叶子是像一轴画一样慢慢展开的。起初，是卷着的细条，慢慢长大就慢慢舒展。半舒半展的芭蕉叶，有点像卷起的小漏斗。

盛夏，不是酷热难耐，就是暴雨倾盆，芭蕉却越长越旺。再热再毒辣的太阳它也不怕，再大的雨水它也不怕！

槐树呀，梧桐呀，雨水都是从它们的叶尖儿上滴答滴答滴下去的。

芭蕉则不同。它的叶子向两边一弯，雨水便滑下去了。半舒半展的芭蕉叶最有意思了，这个时候，它长得活似漏斗，上面宽，下面窄，雨水就从这个漏斗里漏下去了。

父亲便给我们解释：芭蕉并不是我们这里的"土著"，它的老家是南方！在它的老家，阳光更毒辣，雨水更充沛！它还能结出芭蕉果呢！

那个时候，芭蕉果在我们那里是很难见到的。唯一有点联系的，是夏天吃的香蕉味冰棍。这种淡淡的清香是很奇妙的！

我便常常在盛夏的季节去芭蕉树下查看，多么希望它也能够结出香蕉来呀。

有一年，天气特别炎热，这株芭蕉树的顶端竟然长出了一些与叶子极不相同的"叉叉"，后来还开了淡黄色的花。

我们这些小孩子就欢呼雀跃着奔走相告："芭蕉开花了，芭蕉开花了！要结香蕉了，要结香蕉啦！"

父亲走过来看了一看，笑笑，摇摇头，告诉我们："咱这个地方，气候不行，芭蕉就是开了花也不能结果！"

我们将信将疑地听着，心里却在默默祈祷，盼望着它能结出香蕉来。

终究，愿望还是落空了。我这才明白环境对于成长的重要性。

现在想来，如果父亲当年能够顺利考上大学，就能够像他的同学一样在城市里生活了。

但是，现实并非如此。

于是，父亲就像那棵芭蕉树一样：不管在什么样的环境中，都不怨天尤人，都要活出自己来！

"孔老梦"

母亲七十多岁了，她小时候读书很少，虽然也能认识几个字，却很难讲清一些问题，常常闹出些笑话来。

比如，冬天时，家里要烧煤球炉取暖，我们这些小孩子分得的任务就有一项是砸炭泥，砸碎的炭块掺上黑土和水后，还要穿上靴子踩一踩，才能让它变得又黏又均匀。

踩，用我们这一带的土话说，就是"造"。

一天，轮到小弟干这项活了。他一边用脚踩炭泥，一边好奇地问："哎，造糖，造糖，是不是也跟咱这样穿着靴子造的？"这个问题难住了我，我赶紧去问母亲。母亲想了想，说："这个，我不知道。不过，估计也这得这样造造！"

后来，长大了，才慢慢知道其中的"奥秘"：此"造"非彼"造"也！

家里买了电视机，正好赶上播放电视剧《红楼梦》。我们全家人都很喜欢看，母亲当然也很喜欢。常常晚上吃过饭后，我们全家就围坐在电视机前，一边择菜一边看电视。

有一次，母亲赞叹不已："这个'孔老梦'，还真是好看来！"此时的我已经认识不少字了，就对她说："人家是《红楼梦》，不是'孔老梦'！"她讪讪地笑了："哦，哦……"好像明白了，也记住了。

过了几天，电视信号不好，母亲又说："赶紧得修修电视，要不，咱就看不上那个'孔老梦'了！"我一听，又纠正她："不是'孔老梦'，是《红楼梦》！"母亲再次讪讪地笑了："哦，哦……"

后来，我读完大学就参加工作了。工作地离家好几百里，平时很少能回家，与母亲聚少离多。

再后来，我结婚生子，离娘家很远，工作也很忙，与母亲交流就更少了。

前几年，我家二宝出生了，母亲到家里来帮忙带孩子，与她交流的机会这才多了起来。

母亲来城里照看二宝，但是固执的父亲仍然坚持要在家里继续种菜。这就难免让母亲两头挂心。于是，我们每个周五下午都带她回老家，周日下午再接她回来。

有一次，她对我讲："这个星期，我得赶紧回去！地里那些菠菜都已经长得跟凶臣似的啦！"我一听就乐了，这个"凶臣"估计是"凶神"。

于是，我假装听不懂，问她："'凶臣'是什么？"

母亲义正词严地解释："就是'凶臣恶煞'的'凶臣'呀！五大三粗的那种人！"

哦，我算是明白了。

于是，我又想起了"孔老梦"，故意问她："那个林黛玉是哪个电视剧里的人来着？"

母亲想了想，说："'孔老梦'嘛！"

我一听，笑得肚子都疼了。母亲一脸迷茫："你笑什么？"

我赶紧再次纠正她："是《红楼梦》，不是'孔老梦'！你说的那个'凶臣'也不对，应该是'凶神'。"

母亲又一次讪讪地笑了："哦，哦……"

呵呵，看来，母亲的记忆早已固化啦！

母亲的针线筐

母亲有一个针线筐，儿时，我常常围在它身边。

其实，我们这里都管它叫"鞋筐子"，直径五十厘米左右，高十厘米左右，是平底的圆筐，主要用来盛放针头线脑和碎布之类的。它是用一种白柳条编成的，是嫁女时陪送的家具之一。

当年，我出嫁时，自认为根本用不上它，就不想要。母亲执意给我买了一个，并对我说："得要，要这个吉利！"

母亲的话总是有说服力的，虽然说不出具体的理由来，但是，"吉利"这两个字儿饱含着母亲对我的美好祝福！虽然我觉得它太大、太占地方，但还是收下了。

结婚后，我们家都是购买成品的衣服和鞋子，基本不做针线活了，所以很少用到它。我只好把它放在床底藏起来，直到七年前搬家的时候，将这个尘封的鞋筐和其他旧家具一起拉到婆婆家去了。

随着岁月流逝，我发现这个家什还真是少不了。毕竟，有些针儿线儿需要有地方放，于是我就将自己比较喜欢的一个蓝色小塑料筐当成了针线筐，里面盛满了针头线脑。

前几天，我发现二宝的衣服扣子掉了，它便派上了用场。纫上针，不一会儿，二宝的衣服便完好如初了。

将那个小针线筐放好，我不禁又想起了儿时的光景。

那时，母亲的针线筐里总有很多碎布头。

那个年代，人们自己买布，让裁缝做衣服。裁缝做完衣服，会将剩下的布头一并送回来。我们的棉袄则是母亲亲自剪裁缝制的。

因此，家里就有了各种形状、花色和质地的碎布头。有长条形的，也有三角形的；有蓝的，有白的，有黑的，也有粉色、红色、绿色的；有清一色的，也有方格的、圆点的；有"的确良"，也有老粗布，还有"条子绒"……

母亲的针线筐里当然也少不了针头线脑。

那些长短不一的缝衣针都斜插在线穗上，防止针尖伤着人。每年，我们都要到门市部去买几桄线，有黑的，也有白的。买回来的线不是散桄的，就是成大圈的，需要我们把它缠成线穗儿。

这个活儿必须两个人才能完成。我往往就是那个撑线的，用双手将线圈撑直，线圈就成了一个长方形。母亲则一手拿着一根很短的小木棍线作线轴，另一只手从我撑着的线圈里找出线头，然后绕着这个线轴不停地转。

随着线穗在母亲左右翻飞的手中渐渐变得"丰硕"，我手中的线越来越少。最后，等我手中的线完全消失，母亲手中的线穗就变成了胖胖的橄榄形。

母亲的鞋筐里总少不了黑白两个线穗儿，也有五彩的丝线。

这些五彩的丝线是母亲用来纥袜垫的。

我们这里管鞋垫叫袜垫。

每天农闲时节，母亲和姑姑就会买来一些五彩的丝线和一些鞋样儿，然后就开始用碎布头给我们做袜垫。长长的丝线在她们那灵巧的双手中慢慢变成了袜垫上的五彩图案，有牡丹，有梅花，有喜鹊，还有双飞的蝴蝶，另外还有字儿，比如"平安"呀，"吉祥"呀，满是美好的祝福！

想起这一段，我就仿佛又回到了老家的天井里。院子里开满了淡紫色的梧桐花，小蜜蜂在嗡嗡地飞来飞去。母亲和姑姑就坐在天井的梧桐树下，一边绗袜垫，一边头碰头地说着一些悄悄话。她们的头发都是漆黑漆黑的，她们的额头也是光洁的，她们的眼角还没有皱纹，眼睛也是那样神采飞扬！

那时的我，大概也就十岁左右，总想偷听她们在谈什么，就假装捡拾地上的梧桐花，悄悄离她们近一些。可是她们一看到我过来了，要么就压低了声音，要么干脆就不说了。

明明两人都喜笑颜开的，指定是好玩有趣的事儿，为什么不让我听呢？我的小脑袋里满是问号，感觉好像这里面充满秘密，就连袜垫也蒙上了神秘感。

我便蹲在鞋筐旁搜出那本很厚很厚的书，翻看起来。

我看的并不是这本大厚书里那密密麻麻的字儿，也不是书上的插图，而是夹在里面的各种花样。这些镂空的花样就是母亲手中袜垫上的图案！

等到上了初中，我才注意到母亲针线筐里那本大厚书里的文字和图案。原来，这是一本《赤脚医生常用知识大全》。书上讲的都是人体的结构和常见病的诊断治疗方法。

也是在这时，我才知道整天和泥土打交道的父亲竟然曾经是一名赤脚医生！

这时，我才明白皮肤白皙、长相俊俏而且双手灵巧的母亲为什么会嫁给父亲这样一个又瘦又矮的男人了。正如母亲所说："当时成亲时，觉得他是一个高中生，怎么着也打不了庄户！没想到，最终还是种了一辈子的地！"

可不是嘛，命运就是这样，总让人措手不及。人们只好在两难中作出慎重的抉择，然后执着地走下去，永远无法再回头！

如今，父母已年过七旬，头发均已花白，姑姑也早已有了孙子孙女。

母亲仍然常常在闲时端着那个老针线筐做些针线活。这个针线筐的边缘已经有点破损，母亲也早已戴上了老花镜，可是在我的心目中，他们依然是那样年轻，那样多姿多彩！

若干年后，孩子们也会这样想起我的那个蓝色小针线筐吧？

枣木板凳

"板凳长，扁担宽，扁担靠在板凳上，板凳不让扁担靠在板凳上，扁担非要靠在板凳上！"

这个绕口令是我很喜欢的，我也常常念给二宝听。四岁的二宝把它当成儿歌听得津津有味，我却常常边念它，边想起我的那张小枣木板凳。

记得是上四五年级的时候，我们搬家了，从村西头搬到了村东头。家里当然要添置一些新家具。于是，父亲赶集回来就买了三张小板凳。

我一眼就相中了那张暗红色的枣木板凳！它不但结实，而且做工很细致，表面也很光滑，好似上了一层油漆。更有意思的是，它的两头是微微翘起的！所以，小屁股蛋儿坐在上面是很舒适的！

但是，它比另外两张要矮些、小些。

这样，正好各得其所，弟弟们也很中意自己的选择！

于是，我有了"专座"。

每次吃饭，我首先想到的就是找这张小枣木板凳。如果别人坐了我的小枣木板凳，我就会生气，非叫别人让出来不可。

在家里姐弟中，我是老大，原本应该让着弟弟们才对，可对此，父母却乐呵呵地默默支持了我。

在其他事情上，我从未得到过如此的待遇。

比如，割麦时节，母亲从瓮里捞出用粗盐腌好的咸鸡蛋，煮熟了，用菜刀切成四瓣，每人可以取一瓣，母亲总叮嘱我："你是老大，得让着弟弟！"

我原本伸向大一些的那瓣咸鸡蛋的手停在了空中，撇了撇嘴，然后转向小些的那瓣，心里有一百个不情愿。

因为老是要我让着弟弟们，我甚至在心中产生了父母"偏心眼"的想法。

唯有这张小枣木板凳，让我"任性"了一把！

反正，我是认准了，这张小板凳就是我一个人的，谁也不能跟我抢！

吃饭的时候，我要坐着它，干活的时候我也要坐着它，就是秋天揉茄子时，我也非它不可！

揉茄子，估计是我们村独有的活路。

春末，在结出的茄子中选出一些长相好看的茄子一直不摘，留作茄子种。初秋，茄子种已由深紫色变成浑然一体的金黄色。为了得到嵌在茄子瓤里的那些密密麻麻的小种子，我们需要将原本硬邦邦的茄子揉得很软才行。

于是，我们就想出了各种"折磨"它们的方法。比如将它轻轻地摔到地面上，转着圈，反复数十次地轻摔，它就会变软。此时，就可以把它放到脚底反复揉搓，也可以将小板凳翻过来，骑在四腿朝天的板凳上，把两个大小差不多的茄子放在凳面下来回反复轻揉。

经过反复揉搓，茄子就会变得软软的，原本金黄色的表皮也变成了灰褐色，轻轻撕开茄子皮，用力一捏，它那芝麻粒一样的小种子就会流出来。

所以，揉茄子时，小板凳可是我们的重要工具呢！

这时，我就非得骑我那张心爱的小枣木板凳不可！

现在想来，我仿佛又回到了那段无忧无虑的时光里：

蝉儿在高高的大树上此起彼伏地吱吱叫着，我们姐弟仨正在门楼前的荫凉下各自骑着一张小板凳揉茄子，母亲则正乐呵呵地微笑呢！

生死劫

干警察久了，见过太多的生离死别，所以对生死也就见怪不怪了。

因为，我们几乎每年都要遇到一两个很离奇的案件。那些被人杀害的尚且不算，单纯是意外的死亡也不少见！比如有烤火不小心引燃了被子被烧死的，有因和家人生气跑到路边绿化带里的树上吊死的，也有受了情伤就跳河淹死的，还见过因为到三楼偷东西不成功掉下来摔死的，如此等等。

如是，我便常念"无常"之难测，也常常觉得自己能够从一个小孩子顺利长大，是很幸运的事。

如此细算，我还是经历了几番苦难，姑且称之为"生死劫"罢。

我的记忆中，我至少有三次与"死神"擦肩而过。

第一次是"木劫"。

那时我大概四五岁，当然还不太记事，这都是后来听母亲讲的。她说，我小时候特别顽皮，整天爬天够地的！有一天，我爬上了一个木头堆，那些又粗又重的圆木是邻居准备盖屋用的木梁之类建材，结果，倒成了小孩子们练习攀爬的场所。

原本以为木头很重，小孩弄不动，没想到，木头虽重，却也经不起五六个小孩轮番蹦跳，顶上的一根圆木滚下来压住了我的腿！

母亲知道后，大吃一惊，幸好压住的是腿，倘若是胸或头，估计我就没命了！

好几个大人才费力将那根圆木移开！母亲把我抱出来，赶紧找做赤脚医生的父亲察看，发现并没有骨折，只是脚腕有些错位！母亲才长出一口气："这回，看你还敢那么皮！"

第二天，母亲将不敢走路的我放在床上让我卧床休息，心想，这下子，这个假小子没人一起玩了！结果中午回家一看，满屋子都是小孩，正围着我听我讲故事呢！

第二次是"水劫"。

那时，我大概十岁左右，家已经搬到村东了。记得那天是个大热天，正好是暑假，父母不在家，我的两个弟弟约着要去家西面的那个大汪里游泳。我也很想去，但是我从来没学过游泳，就很害怕。弟弟们说，不会游，可以先抱着大树根在水上玩。我一听这个方案可行，也很有意思，便也跟着他们到大汪里去了。

这个大汪里确实有几个树根浮在水面上，于是我就抱着大树根扑腾水玩。

谁知，这个大树根上面长满了青苔，很滑，一不留神，我就滑进了水里。当时我就慌了。水很深，一下子就没过了我的头顶，我还在往下沉，刚想张嘴，就灌进了水，呛得很难受。

我便睁大了双眼，努力伸着手向上够，可是根本够不着水面。很快，我的脚着地了。幸运的是，此处的底是硬的，我便被反弹了上去。浮到一多半时，我停了下来，接着又往下沉。如此往返两三次，我觉得自己快要被憋死了，就拼命向上挣扎。

此时我在水底睁着眼，看见一些鱼儿正在很多孩子们的腿之间游来游去。我双手拼命乱抓，双腿也乱蹬。总算被我们邻居那个叫桂莲的姑姑看见了，她一把将我从水里提了上来，送上岸！我连续吐了几口水，总算活了下来！后来，我再也不敢下水了。

第三次是"车劫"。

这个时候，我上五年级了。因为五年级需要到北边的青山村去上，我们每天都要走很远的路。我们就会经常想一些节省力气的办法，比如冬天下雪之后，田野被冰雪覆盖住，而且上面那一层雪融化后又结成了冰，我们就不再沿着原本的路走，而是从路沟上到田地里去直接走上面的冰，相当于走的是长方形的对角线！

天暖和了，我们又发现有一些到沂河里拉沙子的拖拉机会从我们村的中心街从西往东走。拖拉机载了满满一车斗沙子，走得很缓慢，我们便可以爬上去，让它捎我们一程！

有一次，我们在村东撵上了一辆拖拉机，我第一个爬上去，然后站在车斗里，向后面来的同学招手，让她们快些。结果，司机一打把，后车斗就猛然一晃，一下子把正在扬扬得意的我从上面抛了下来，正好落在大路中间一块石头上，我当时就眼前一黑，没知觉了。

过了很长时间，我才醒过来。发现好几个女同学正围着我叫我名字呢！我一骨碌从地上爬起来，拍拍身上的尘土，又摸摸后脑勺，然后站起来，像没事人一样和其他人一起去青山村上学去了！

经过这三次"生死劫"，我终于幸运地长大成人了！

现在想来，其实每个孩子在成长过程中都会遇到很多不可估测的"劫难"啊！

愿今天的孩子们不会再有任何"劫难"！

陈老师

二十四年转瞬离去，陈爱田老师已经七十八岁了，连眉毛都白了。

当年，如果他不是到我们家去家访，告诉我父亲"一定要让这个孩子上学"，估计我早就辍学在家里成为农民了！

宗华近日在青山村老家度暑假，这位大博士生导师向来敬重老师。我俩约好到新庄拜望当年的初中物理老师。

陈老师精神还不错，讲起话来仍然慢条斯理。下午还遇到了他的大儿子海滨以及陈老师的夫人，我应该叫她大娘。

大娘的头发灰白了，说话的时候我看到她的牙齿都已经松动了。海滨比我大一岁，是我的小学同学，他的头发也已经花白了。

真是岁月不饶人哪！

大学教授和我的初中老师谈起了最近老师体罚学生的问题。

陈老师说：不能随便打，即使打，一定要告诉他为什么，做好心理疏导！要不然师生就成了仇人。

宗华说：其实有的人就是不适合读书，比如我的哥哥从小就学习不好，以前被老师打过很多次，也没能把学习打好，还把他的自信心都打丢了！老师教育学生的前提应该是为了孩子好，但要是为了发泄自己的怒气，那就绝对不行！

家庭教育应该也是如此吧！

陈老师这辈子挺不容易的。因为特殊年代家庭出身不好，他的就业和婚姻都一度受到影响。幸好他有学问，人品又好，被推荐当了联中的老师，虽然是民办教师，他仍然尽心尽职尽责地教学，据说因此曾被他老婆追骂到学校里，却也未改初衷。

如今他退休了，国家给他发工资，还挺高的，一个月四五千块钱呢！

说话期间我们又谈及另一位老师，L，听说他因为糟蹋女学生，被判刑了。

如此看来，无论干哪一项工作，都不能昧着良心哪！无论如何不能逾越道德和法律的底线！

临别前，海滨给我们拍了两张照片，我们说好了，每年至少来拍一次！

在宗华和陈老师谈话的时候，我到他家的小院里偷拍了几张照片。瞧，东墙那架紫藤长得多旺盛！看，门墙上那些小葫芦长得多可爱！

还有西墙上的大蒜辫子，水缸上那个红色的小笸子，铁丝上那几个鸟笼……

啊，经过沉淀的岁月多么美好！

陈老师的坎坷

说起坎坷，陈老师的一生算得上坎坎坷坷，十分不容易。

但是他是这样对我们讲的：做人嘛，就应该能大能小、能屈能伸，常想别人的长处，常念别人的好处，要有一颗感恩之心！

陈老师今年七十八岁了，新中国成立时他刚刚开始记事，之前他生活在衣食无忧的大地主家庭里，生活宽裕，长得十分英俊，还很喜欢学习。

他上中学时，需要到四五十里外的临沭县读书。那时候没有自行车，走路全靠两只脚。他就用扁担一头挑着书本，一头挑着干粮，天不亮就出发，步行四五个钟头翻山越岭去临沭县读书。

那个时候，没有电灯，到了晚上全靠煤油灯照明。于是常常熬夜苦读的他第二天一摸脸，都能摸下一层油灰来，连鼻子眼里都是灰。可是他还是乐此不疲。

等到他读完高中，"文化大革命"开始了。"知识越多越反动"，考试交白卷那才是一种光荣。再加上他的出身是地主，更没有资格被推荐上大学了。

他只好在家里种地。

到了结婚的年龄，因为出身不好，没有人愿意嫁给他，直到三十多岁，总算有东乡的一个姑娘嫁给了他。东乡是山岭地，庄稼长得不好，收成不行，居民家里都很穷。西乡的人家里都种稻米，生活条件好。

但是，这个姑娘脾气不好，好骂人。

幸好陈老师脾气好，说话慢条斯理，不与她一般见识，两人的婚姻才算没有大的波折。

结婚后，两人有了一个女儿、两个儿子。

1978年，改革开放的春风吹到了沂蒙山区，陈老师的很多同学已经身居要位。

此时，上级领导开始重视教育工作，还在当年有一百多亩地的养猪场附近对农校进行扩建，建成了"李庄联中"，招收附近的初中学生，又想选些学问好、人品好的人当民办教师。

陈老师的同学们想起了这颗散落在民间的"珍珠"，纷纷推荐他去当民办教师。

陈老师便开始了半工半农、两头跑的民办教师生涯，后来因为业务好、有责任心，又当上了班主任。

天不亮，陈老师便骑着自行车从家里出发，赶往十几里地外的八里屯（也就是李庄联中的所在地）。

那时，陈老师家里上有七八十岁的老母亲，下有年幼的孩子，生活负担很重。

他媳妇的压力也很大。

因为陈老师从周一到周五都要在学校里，地里的农活他基本帮不上忙，全靠她一个女人家。那时候地里的活全靠体力，翻土需用铁锹、钊子，锄草需用锄头，收割全指望镰刀，真正是"面朝黄土背朝天"。

她还得照顾老人，也要做饭看孩子，确实挺不容易。关键是民办教师的工资并不高，总共几十块钱，还不如种菜卖钱多。

她觉得不划算，便劝陈老师放弃民办教师的工作，老老实实在家里种地算了。

陈老师当然不同意。

两人便经常因此争吵。有一次陈老师的媳妇从家里一直追骂到学校里，还不算完，直到校长出来调停，才算了事。

虽然受了这么多的委屈，陈老师还是坚持了下来。

他知道农村孩子上学不容易，尤其是女孩子，家长往往觉得供女孩子上学不合算，让她们退学。

为了让孩子们有求学的机会，陈老师便骑车到学生家里家访，劝说其父母：

你现在供孩子上学，把钱花在前面，将来女孩子出嫁时就不用陪送嫁妆了，也不算吃亏！再说女孩子考上了学，就更有条件孝敬父母啦！

孩子家长往往被陈老师的诚恳打动，放弃了让孩子退学的念头。

我就是其中之一。要不是陈老师到我家去家访，估计我早就退学了。

前几天拜望陈老师时，他还在叹息凌庄有个姓肖的女孩子，学习成绩挺好，后来家庭有变故，父亲被人杀死，母亲带她改嫁，现在不知怎么样了。

我们可以预想到她的未来。因为在农村，女孩子大多是被当成"赔钱货"来看的。女人再嫁往往很难找到条件更好的家庭，更别说还带着一个女娃儿了。谁家有钱会供别人家的女孩子上学？

陈老师自己的经历坎坷，因而对学生的遭遇感同身受，时隔多年，还将学生的事时刻放在心上，令人感动！

风里来，雨里去，干满三十年，头发花白的陈老师终于退休了。

如今，陈老师已儿孙满堂，国家每月给他发四五千块钱的退休金，他开始享受晚年的幸福了！

年轻时的坎坷，在他心里，都是过眼云烟而已。

现在，附近的学校要出黑板报，老师们第一时间想到的就是陈老师！

村里有红白喜事，需要找人帮忙记账时，人们第一时间想到的还是他！

因为他的字写得好，人品也不错哩！

第三辑　昔日场景

舌尖上的春天

春天把人们从臃肿的厚袄中解放出来，沂河两岸的田野被这温暖感化了，将厚厚冬雪和坚硬的冰甲褪去，把它藏了一个冬天的美味也慢慢献出。

初春，小草才露出尖儿，茅草们就长出花苞儿等着我们到草丛中去发现。

弯下腰仔细分辨着这些红红绿绿的苞叶，小心翼翼地把它们拔出来，于是两头尖尖的彩色宝贝——"茅针"就一根根躺在我们手心里了。

轻轻剥开绿皮，将里面那白白软软的絮芯儿放到舌尖上，慢慢嚼动，就会有一股清新的春天气息直抵脑海。

很快，园地里的小葱和韭菜穿上墨绿的套头小衫儿从泥土里钻了出来，麦田里那些荠菜肥嫩起来，菜园边上那丛香椿树的芽儿舒展开来，院子里高大的榆树上的翠绿的榆钱也一串串垂下来。

美味一下子多起来：新葱炒鸡蛋，头茬韭菜包水饺，荠菜煎鸡蛋，香椿拌豆腐，榆钱干脆直接撸下来就放到嘴里，呵呵，这些美味总是与春天同行，将人们舌尖上的味蕾渐渐打开。

这个时节，空气便会弥漫着一阵阵香喷喷的味道。哦，那是母亲们开始煮"辣疙瘩"咸菜啦！

在物资严重匮乏的年代里，这软软的黑咸菜胜过猪肉的香气呢！卷上母亲刚从鏊子上揭下来的新煎饼，包上新葱和这黑咸菜，再抹上几筷子猪大油，舌尖上满是纯正的沂蒙家乡味！

暮春时节，小麦抽穗展芒，豌豆蔓儿上也结出一嘟噜一嘟噜的豆荚来，个个饱满，如同一条条欲扬帆远航的小绿船，把它们摘下来放在清水中煮熟，剥开豆荚，趁热把那一粒粒圆滚滚的豌豆儿放进口中，这也是春天留给舌尖不可磨灭的回味！

　　再晚几日，青青的麦穗也饱满起来，折上数枝，放在火堆里一烧，再搓一搓，把那些已烧得黑乎乎的麦壳吹走，手心里就有了绿绿的新麦仁，那香气可是春天送给舌尖最后的美味啦。

　　不用担心，瞧，热辣辣的夏姑娘已准备就绪，她接过春天的接力棒，树梢依稀可以看到金色的麦黄杏啦！

熟咸菜

农历进入四月，沂河两岸草长莺飞，小村四周一片葱茏。

紫色的野豌豆开花了，麦子已经秀出了麦穗儿。于是在一片翠绿中，总会发现几串紫色的花穗攀附在麦秸上随风摇曳，一嘟噜一嘟噜的紫花是那么柔美。

此时，冬储的白菜早已抽出薹来，开出和油菜花一样的黄花来；萝卜早就"糠"了，菜园边上的几棵留种的萝卜也开花了；柔柔弱弱的香菜（芫荽）纷纷窜出高高的枝丫，枝头绽放出伞状的淡紫花来；就连大葱也秀出一支"笔"，然后顶起硕大的花球啦。

正值"青黄不接"的时候，乡村里便会飘出炸咸菜的味道来，香喷喷的，老远就能闻得到。

辣疙瘩是沂蒙人家炸咸菜的主力军。自打头年秋天，它们就被连根拔起离开泥土，洗净去根去毛，然后与粗盐一起在咸菜缸里浸泡。经过一个冬天的腌制，又经过大半个春天的晾晒，辣疙瘩早已失去水分和光泽。风干了的它，活像上了年纪的人，满脸皱纹，满载着岁月的智慧。

这个季节，春耕已结束。俗语说："谷雨前后，栽瓜种豆。"此时的瓜豆早已在地里生根，冒出芽来了。

农妇们不必心急火燎地做饭，也不必忙着随农夫去田间地头了。正是难得的闲暇时光，她们便尽情地在自家四四方方的庭院里施展厨艺才华：顶上蓝头巾，挽起粗布袖子，洗净双手，刷好大铁锅，用水瓢舀满一锅水，盖上高粱秸做成的锅盖。然后抓起麦穰在灶膛中引燃树枝、玉米核。金色的灶火映在农妇喜气洋洋的脸上，庭院里升起袅袅的炊烟。

锅开了，用杆秤称好几斤粗盐，用干瓢�进开水锅，趁着咕嘟咕嘟泛着花的开水正冒热气，再倒上去年腌咸菜的老黑汁，锅里的水便呈现出酱油一样的颜色来。加上姜和花椒，再将风干的辣疙瘩咸菜放进去，盖上锅盖，然后找块干净的砖头压住锅盖，剩下的时间就交给木柴尽情燃烧吧。

有条件的人家，会在锅里加上花生米、黄豆，会调剂的巧妇还会将晒干的菜叶菜梗也加入其中，这便丰富了咸菜的口感和种类。

一边刷着黑瓷盆，一边照看着灶火，农妇们低声哼唱着那首老歌："一条大河，波浪宽，风吹稻花香两岸……"

鸡窝旁边的香椿芽已经长大，顺手掐下一大把，屋檐下成串的红辣椒再摘下几个。门外又传来卖豆腐的吆喝声，农妇便急急推开堂屋门，在瓦缸里掏上一干瓢黄豆，到巷口换上二斤白嫩的鲜豆腐。

此时，辣疙瘩咸菜早已变得软软的，灶膛里木柴的余烬仍然不断传递出热量，将老咸菜的味道传得很远很远。

不久，农夫们荷着锄头拎着几墩羊角葱从田间归来，孩子们背着书包一蹦一跳地推开木门。

八仙桌上正摆着黑黢黢的老咸菜、鲜嫩的白豆腐、绿中带红头的香椿芽、青青白白的小嫩葱，还有几个熟鸡蛋呢！

嘻嘻，盛上一大碗玉米粥，卷上一张新煎饼，开吃喽！

锅屋

我们这里，管厨房叫锅屋，意思就是支锅做饭的屋子。自我记事起，我家的锅屋经历了多次变迁。

最早，我们家的锅屋与大伯家共用一间草屋。那时的房子都是土坯稻草屋，我家和大伯家住在一个院子里，东面三间是我们家，西面三间是大伯家，两家中间的那个独间，就是两家公用的锅屋。在这个锅屋里，两家共用一个鏊子烙煎饼。今天是大娘家烙，明天是我家烙，两家轮流用。

到现在我仍然能记得这间用稻草苫着的屋檐下那淡蓝色的炊烟袅袅升空的模样。只要炊烟升起，院子里不久就弥漫着饭香了。那时主食是瓜干（地瓜干）煎饼。泡了一夜的瓜干第二天推磨磨成面糊后，头上挽着蓝布巾的母亲便开始烙煎饼了。她用双手将一个很大的面团熟练地在烧热的鏊子上均匀滚动着，鏊子表面便粘上了薄薄的一层面糊，很快，这层面糊变干变脆，变成了煎饼。待鏊子边缘的煎饼慢慢翘起边，母亲便试探着轻轻将它整张揭起来，再飞快地放到旁边的盖顶上，一张香喷喷带着地瓜甜味的煎饼便大功告成了。

那个年代，地瓜是主粮。但是，因为姥姥家在梅埠镇，有水田能种稻，所以我们小时候常常能吃到大米。最令我难忘的就是香香甜甜的地瓜"粘煮"了。钢精锅盖一掀，热腾腾的扑鼻香气迎面而来，用勺子将白米与上层的黄瓤地瓜搅拌在一起，然后盛到大粗瓷碗里，又黏又香又甜，甭提多美味啦！

我上五年级时，我们家在村东盖起了新瓦房，瓦片是红瓦，墙体是红砖，有玻璃门玻璃窗，又宽敞又明亮。在新宅子里靠西墙一侧还专门建了两间锅屋。锅屋比堂屋矮一截，墙体是红砖砌的，但瓦片是灰色的水泥瓦。两间屋是通间，没有门，只有墙体和屋顶，一半堆放柴火，一半专门做饭。新鏊子，新锅台，一切都欣欣然的！锅台也有了分工，蒸馒头的，烧稀饭的，炒菜的，各有其台，各有其锅！

　　锅屋南侧新买了一盘大石磨，东侧则新钻了压水井，紧挨着压水井，父亲还建了一个小花园！花园里有高高的葡萄架，有鲜艳的大丽花，还有绿绿的芭蕉呢！这时，已是二十世纪八十年代，地瓜退出了主粮的队伍，取而代之的是玉米、小麦！村里已经有了电磨房，石磨也慢慢退出了舞台。将磨好的面粉用水和成面糊，就可以烙煎饼了。

　　堂屋里架上了电线，挂起了电灯泡。锅屋里，父亲也专门挂了一个电灯泡！这样，天还没亮，母亲就可以烙煎饼做饭了！天黑以后，啪嗒一声拉下开关，锅屋里仍是亮堂堂的。从田里归来，放下锄头、铁锨，大家团坐在灯光下，卷上一张掺着少许玉米面的麦面煎饼，就着小葱、咸菜和切成几瓣的熟鸡蛋，甭提多美味啦！

　　等到我上高中时，我们家又在村东盖上了三间大平房。但是，那几年，我们姐弟几个都读书，家里开支不小，就一直没建院墙和锅屋。直到我大学毕业参加工作好几年后，父亲才把这个新家收拾妥当，砌起了院墙，并在院子东侧建了两间小平房，一间专门做锅屋，另一间专门储存农具、家什。

　　这个时候，煤气灶已成为做饭的主力军，地锅只有炖鸡时才用得上。不知从什么时候开始，村里家家户户不再烙煎饼了，母亲再不必隔上三两天就蹲坐在鏊子前，忍受烟熏火燎了。邻村有个专门烙煎饼的媳妇每天骑着三轮车走街串巷，用录好音的小喇叭不停吆喝着："煎饼，卖煎饼——"。需要买煎饼的人家便会循声而去。

如今，村里有了两家超市。超市里琳琅满目的食品任人选购，单单是煎饼就有面煎饼、麦煎饼、杂面煎饼、机器煎饼等好几种！

是的，时代不断进步，锅屋也在不断发展！但是，那些锅屋里的时光永远刻在我们脑海中！

黑炭

冬至，天空中那团笼罩着城市楼群的雾霾终于烟消云散！窗外仍然一片阴沉沉，不久，小雨开始轻轻敲打着窗玻璃！

凭窗远眺，沂河水面一片朦胧。近处，绿化带东侧铁皮屋顶上袅袅的炊烟升腾着，那是早餐店里熬粥煮茶叶蛋的煤球炉使然。

屋外寒雨潇潇，屋内却如春天般温暖，我不由得思绪飘远，脑海里便出现了黑黑的煤炭！我想起了儿时这个季节最重要的一项工作：和炭泥！

那时的土炉，是父亲用黄泥和着麦糠垒成的土炉，紧靠着堂屋门口东侧与东里间的墙角，它陪伴我们度过了十多年。

冬天一到，父亲便拉着地排车到李庄镇买来几百斤黑炭。到底是有烟煤还是无烟煤，那不是我们关心的问题，我们关心的是炭块的大小。如果大炭块多，我们的活儿便会多，因为我们得把它们用大铁锤砸成碎末。

早晨，太阳才露出半个脑袋，母亲已经忙碌了半天，煎饼和糊豆的香气弥漫在小院中。我和弟弟轮流抡起十多斤重的大铁锤，奋力向放在堂屋门外东侧的那些炭块砸去。大炭块儿开始四分五裂，变成小炭块儿。"咚！咚！"一锤一锤地砸下去，小炭块儿纷纷变成了碎末末。扭头一看，汗水在弟弟的额头上浸出，我也觉得鼻子尖上冒出了汗，赶紧用袖子一抹。弟弟便大笑起来。一瞅他笑得腰都弯了，我立即明白，准是炭粒儿粘在脸上鼻子上，被我这一抹，变成了大花脸。不管它，干完活再说吧！

太阳半竿子高了，我们洗完脸便挎上柳筐，带着铁铲，踏着布满冬霜和冰碴碴的小土路来到村东那条已干涸的水沟里。这条长长的水沟，是沟通青山、沂东、白场和李庄的一条水道。夏天的雨水沿着它一直奔流进宽阔的沂河；秋天，水变浅时，我们围上土堰，将里面的水用瓢舀干，鱼儿便蹦跳着往上蹿，不久饭桌上就多了一盘美味；而冬天，它则露出褐色的胸膛，两侧那一层层的泥土被冰霜冻住，又被太阳晒干。几番轮回，结实的泥层纷纷变成松软的粉粒甚至粉末。土层的颜色深深浅浅，有黄有黑有褐，几层黄色中间夹杂黑褐色。我们管深黑色的那一层叫作炭泥土。用铁铲一铲一铲地将其挖下来，放入柳筐中。炭泥土挖得差不多了，休息一会，顺便挖些茅草根。这些藏在泥土中的白白胖胖的家伙，稍微一用力，便可拽出长长的一条又一条，拂去泥土，放入口中嚼一嚼，脆生生的，甜丝丝的，这可是冬天的田野留给我们的美味哦！

将炭泥土与砸碎的炭末儿掺在一起，再舀上几瓢清水，用铁锹不停搅拌掺和，它们便浑然一体，成了炭泥。

早饭做好了，要封炉子了。先把几个炭泥团放入炉口内，再用炭泥饼将炉口封住，然后用铁抹子在顶上划田字格，最后别忘记用铁橦（chuáng）子（一种细长的铁棍）在中间戳个洞，这样土炉就进入了休眠状态。待到中午时分，这些黧黑的田字格，变得又干又硬，将它们掰开，便成了大小不一的炭块。待到做饭时，这些掺了泥的炭块便在炉膛中熊熊燃烧起来。

这些黑乎乎的家伙，保证了整个冬天的温暖！

不过二三十年的光景，当年处在老少边穷的沂蒙山区，如今的GDP和流动人口数量已经步入全省前列，随之而来的城市大气污染也让这个老区"名声在外"了！

嗳，这就是时代的变迁！

变迁，取暖不再需要又黑又脏的煤炭；

变迁，冬至吃饺子的老风俗却依旧；

变迁，是为了幸福和舒坦；

变迁，更需顺应天时保护大自然。

瓢

瓢是儿时家庭生活的必要家什。

那时，塑料制品还没有出现，舀水掫面掫粮食，用的都是天然的工具：瓢。

舀水的叫水瓢，掫面掫粮食的叫干瓢。

瓢是将一种西瓜状的葫芦锯开后做成的。

小时候，老家院里西墙旁常常种这种葫芦。春天的葫芦苗儿在初夏就长出长长的藤蔓，葫芦藤爬上墙头后便慢慢开出白色的花来，有的是谎花（雄花），有的则花后带着小葫芦。后者待花谢后便一天天长大，有时因为长得太大，需要人们专门编个小网子挂在支架上托住它。

父亲用草搓成细绳，再将绳打上几个结，比照葫芦大小编成网子，给它一个托。

葫芦越长越大，上面的细毛慢慢褪去，颜色出嫩绿变成浅绿，表面也越来越光滑。

中秋过后，葫芦藤上的叶子越来越颓败，硕大光洁的葫芦却越发显眼。此时，便可以摘下来用小手锯锯开，然后将已分成两瓣的葫芦扣在墙脚的地上晾晒数日，待它们变成褐黄色时，将其瓤和籽掏出，就成了大碗的形状，晾晒干，瓢便做好了。

水瓢放在水缸里，永远也不会沉下去。俗语说"按下葫芦，浮起瓢"，讲的就是这样的事实。

放学回家，我们口渴了，一手揭开水缸盖子，另一只手用水瓢往水里一舀，接着一仰脖，咕咚咕咚喝上一气，随后便扔下书包就跑出去找小伙伴们玩耍了。任凭母亲在后面吆喝："不能喝生水！喝生水肚子疼！"管它肚子疼不疼的，反正解渴就好了！

掬粮食的干瓢是通用的，掬面的干瓢必须专用。

听到街上传来"热豆腐"的叫卖声，母亲便会掬上半干瓢黄豆去换豆腐；过年时，村上有来爆玉米花的，母亲就会掬上一干瓢玉米端给我们，我们便端着它去找坐在火炉前慢慢摇着黑色铁葫芦的那个人，等到听到"轰"的一声巨响，香喷喷的玉米花儿成了过年时的点心。背着这半袋玉米花儿，仿佛整个世界都是自己的了。

做水饺时，揉好的面团放在面板上，旁边一定要放上半干瓢面粉，以备不时之用。按小面团时要用它，擀面皮要用它，包好的水饺往盖顶上放时还得蘸一蘸它。此时，干瓢就一直默默地在一旁看着我们，敞开胸怀等着那只手在它的肚子里抓面粉呢！

如今，用葫芦做的瓢已经基本被塑料制品取代了。

是的，这种瓢很脆，不小心碰到石头之类的硬物上，就会碎掉。这种瓢也容易烂，因为毕竟它是植物果实的一部分，如果浸了水，没有及时晾干，它就会长毛，甚至腐烂。

但是，正是因为这样，它就又重新回到了大自然，不久，它就降解在土壤里，又成了植物们的养料，这既契合了资源循环利用的道理，也寓意"化作春泥更护花"的高尚情怀。

大概这便是我更加怀念这种用葫芦做的瓢的原因。

碓

　　小时候，我家里有一口石碓。

　　这口石碓就放在大门口北侧。那时的大门口是向东的，如今大门早已在若干年前改成向南的了。碓呢？早已不知哪里去了。

　　是的，随着电气时代的到来，碓早已没了"市场"。谁还会再一脚一脚地蹬踏着去干这种粗活呢？

　　但是，我却常常在梦里回到小时候，回到它的身旁。

　　据母亲说，我家的这口石碓还是爷爷分家时分得的"财产"。那时，石磨、石碓、瓦缸都是农村家庭必需的生活用品。石碓承担着将粮食去壳、粉碎的重要功能，偶尔，也可以用来捣碎泡好的黄豆花生。

　　我家的这口碓就是鲁南地区常用的那种石碓，它包括两个部分。

　　埋在土里的那部分是石头做成的，叫碓臼，就是将石头中间掏空形成圆锥状。

　　地面上的部分叫作碓腿，是用一根长圆形的木头做成的，前面那头粗些，尾部细些，像条大头鱼。它的头部正中间镶着一根短木棍。木棍的底部用铁皮包着。这根包着铁皮的短棍放在碓臼里，承担着将粮食捣碎碾磨的重任。尾部有根横棍从孔里穿过，横棍两端支在高出地面的石头上。最后面的"鱼尾巴"是放脚的地方。人的脚踏在这个"尾巴"上，利用重力和杠杆原理将"鱼头"撬起，然后松开脚，再利用重力使得粮食与碓臼挤压摩擦。如此反复，粮食就会越来越碎。

　　我们这个地方管这个工作叫作"掐碓"。

小时候，我常常被母亲安排去干这种活，却乐此不疲。

记得上大二时，为了学好英语，我专门买了一台录唱机，是长方形的，既可以录音，又可以安上磁带听歌曲，还可以听广播。

放了寒假，我便将这台录唱机提回家里，一边"掐碓"，一边听录唱机，感觉十分惬意。母亲还笑话过我："别拽那个洋务啦！"是的，在那时的农村，一边听歌一边干活，可是从来没有的事呢。

后来，等我怀孕准备生大宝时，母亲又告诉我一个诀窍，据说这是姥姥传下来的秘诀：怀孕八九个月后，准备生孩子前，经常轮换着用双脚"掐碓"，能够让生孩子更顺利。我照做了。果然，分娩十分顺利。

后来，我用心琢磨才知道其中的奥秘："掐碓"，需要不停地脚尖用力，就会增强耻骨联合处的肌肉力量，这正是产科医生让产妇在生孩子时想法调动力量的那些肌肉。

看来，老祖宗传下来的一些窍门通常都很有科学道理。这些都是祖辈积攒起来的经验呢。

转眼二十多年过去，小村发生了翻天覆地的变化。碓早已退出了历史舞台，一家一户用机械和人力加工粮食的时代早已远去，可是那些老物件、那些旧场景、那些曾经的故事绝不会远去，它们一定会以另一种形式或是另一种载体展现在人们面前，让将来的人们知道过去的岁月，让人们了解曾经的历史。

岁月更迭，沧海横流，大浪淘沙，小小的石碓，曾经碾碎了岁月的艰涩，也承载着千百年来人们对美好生活的向往！

擀面杖

擀面杖是我们这个地方家庭主妇必不可缺的工具。

无论是包包子、包饺子还是擀面条，烙油饼、蒸花卷，都有一个必不可少的程序：把面团擀成饼状。这时候，擀面杖就会派上用场。

所以，后来看到铁凝《擀面杖的故事》的时候，我很能理解家庭主妇们的擀面杖被人拿走了，心情是什么样的。

试想，士兵的武器被人拿走了，那可怎么作战呢？

母亲家的擀面杖有一根大的一根小的。小的只有一拃长（张开手，拇指尖到小指尖的长度），大的则和胳膊差不多长。

大擀面杖是干重活的！比如擀面条、擀油饼，都需要把大面团擀得像面板那么大。此时，小擀面杖显然力所不能及，是不顶用的，只能在一旁当观众了。

小擀面杖干的是细活！比如擀饺子皮儿、擀包子皮儿，擀面杖工作的发力范围往往也就巴掌大小而已。大擀面杖此时便显得过于庞大而笨拙了，它也只好安静地在一旁看着"小姑娘"在那里活蹦乱跳地唱着"独角戏"了。

由此，在家庭主妇看来，大擀面杖和小擀面杖缺一不可！唯有二者配合，才能让家里的面团变身为可口的美味。

"擀面杖吹火，一窍不通。"

说的就是擀面杖是实心的。的确，倘若是空心的，那可就没有那么大力量把面团"制服"了。

小时候，过年包水饺的时候，我的主要工作就是擀面皮。直到现在回婆家包水饺吃，擀面皮的活一般都是由我来干。

擀面皮儿，也是一个技术活，需要双手的精密配合！右手将擀面杖滚出去，再滚回来，左手不断调整面团儿的角度，以便让擀面杖接触均匀，这样擀出的面皮儿才能是圆的。

关键的一点，就是绝对不能让擀面杖擀过面团的中心！否则，面皮就会中心薄、边缘厚，倘若包上馅儿，一下锅，饺子一定会裂开肚皮，弄得满锅都是菜汤！

我学擀面皮儿，大概是在八九岁的时候，还是爷爷教我的呢。

刚开始学的时候，我的手笨得不行！握着擀面杖的右手，不知道手指头该蜷着还是该伸开，爷爷则很细心地教我哪个手指头应该放在哪里，该怎么用力，又该怎么转面皮儿。

是的，奶奶去世早，独居多年的爷爷无奈之下，练就了一手好"活道"。他除了烙煎饼，什么饭都会做！

我的父亲则从来不做饭，他只负责赶集和种菜种地，家务事都是母亲在操持。

直到若干年后，我和弟弟们家里都添了宝宝，母亲要到城里来给我们看孩子，父亲勉强学会了自己烧点米汤喝。但是面食他是绝对不会去做的，他宁愿到集市或者超市里去买一些现成的煎饼、包子之类的。

有时我们回家便责怪父亲，嫌他不愿跟我们到城里来住，自己又不会做饭，老是吃些凉饭，对身体不好。

父亲每次都笑笑："唉，依赖惯了呀！"

于是母亲只得每个星期回老家一次，给他准备好干粮，做上两天的面条水饺之类的。

道理他倒是很明白，可是，他到现在也还没有做过一次面食呢！

大概在父亲心里，他就愿意做那根粗笨的大擀面杖，一辈子都等着愿做小擀面杖的母亲吧！

盖顶

盖顶，是我们老家常用的家什。

它是用高粱秸做成的圆形盖子，一般盖在水缸或是锅上面，我们也它用来盛放烙好的煎饼和刚包好的水饺、揉好的馒头之类的面食。

现在超市里也有那种竹制小托盘了，但是，我家里用的还是母亲串的大盖顶。

它已经跟随我十多年了。

我们这一代用的是自来水，水缸在我们的眼中早就成了老古董，所以根本用不着盖顶了，就是锅盖也都是铁的或者玻璃的。因此，我家的盖顶，平时就静静地挂在厨房一角的墙壁上。只有周末或节假日，我得闲了，包个水饺，蒸些馒头，烙些花卷、油饼之类的，它才会被我请出来。

记得那年，母亲为了给我串一个新盖顶，专门在东湖靠近沟边的那块地里种上两行高粱。因为高粱产量不高，早已被父辈们用玉米替代。只有为了做盖顶，农民才会种上几行。

收了小麦之后，就可以点上玉米和高粱。不几日，田间就冒出些小苗来。

其实，高粱与玉米小时候长得挺像的，你几乎分不出来它俩，一模一样的叶子形状，一模一样的叶脉走向，就连叶子在茎端的小漏斗中慢慢舒展的过程也是一模一样的。

随着它们的个头慢慢长高，它们的区别才越来越大。玉米的叶子宽大，而高粱的叶子细小，茎儿也是玉米更加肥壮，高粱则细弱不少。但是，也有一些营养不良的玉米长相不佳，在开花之前，与高粱很难区分。

盛夏，玉米开出花来。一旦开花，玉米就有了自己明显的标志：不但头顶会生出天线一样的花穗来，腰间也会长出一个鼓鼓囊囊的大"荷包"，接着这个"荷包"里还会长出长长的流苏，小孩子们把它叫作胡子。

高粱则一直往上生长，但是在玉米开花的季节，它的顶部的杆儿变得特别修长，然后才在最高处秀出高粱穗儿来。这些穗儿起初是淡绿色的，上面挂的那些粒儿也瘪瘪的。

慢慢地，这些瘪瘪的粒儿开始饱满起来，表面也开始变得有光泽了，它的头却慢慢垂了下来。

秋风吹起，高粱穗儿开始慢慢染上了红晕。从远处看，高粱仿佛是一个个举着红色火炬的瘦高个。微风拂动，低垂的穗儿轻轻摆起来，高粱便如含羞的"黛玉"妹妹，细细的身材，长长的脖子，低着头儿向过往的人们细述着从夏天到秋天的故事。

仲秋时节，高粱熟透了，脸儿像饱醉的汉子，红里透紫，连叶子和秸儿也染上红锈。这时，用镰刀砍下高粱秸，再用剪刀将高粱穗儿剪下来，再将那截长长的莛儿用菜刀砍下，码齐晒干，做盖顶用的原材料就备好了。

冬闲时节，母亲便找来最粗最壮的钢针（平时就是用它缝被子的），纫上细线，再在尾部接上细麻线，然后戴上顶针，将这些细细的高粱莛儿一根根并排串起来。

这个活不容易，既要细心，又要耐心。因为这些莛儿很细，又圆又滑，一不小心，就可能被针扎到手。串完一层大概需要二三十根高粱莛，盖顶有两层，所以需要六七十根高粱莛！不但要一根根串起来，上下层之间还要缝合！

最后，还要对它进行修剪，对照着一个旧的圆形盖顶，母亲用菜刀一点点地把那些多余的莛儿削下来，原先不规则的形状逐渐变成了工工整整的圆形。母亲这才停下手来仔细端详一会儿，满意地微笑着将它递到我的手中。

这个情形，到现在我仍然记得。

一晃十几年过去了，这个盖顶依然没有破损，仍然在我家的厨房里静静等候着我的召唤呢！

小推车

我们这里说的小推车，就是那种独轮车。

独轮车，是我祖父那辈人的主要陆路运输工具。

那时到处都是土路，一下雨，路面便会变得松软。沉重的车辆行驶过后，就会留下深深的车辙。所以很多老巷子的路面都是中间低、两边高，既是为了泄水方便，也是为了方便各家使用小推车将田中的粮食和瓜菜运进运出。因为独轮车的驱动力是人，而人是两条腿走路的。将车轮放在中间，两只脚蹬住两侧，这样一来，车轮在泥水中前进，人的鞋也不会被弄湿了。

再早的独轮车，车轮是用木头做成的。正是荀子《劝学》中所说的"輮以为轮"。据我爷爷说，他年轻的时候，就曾经推着这种小推车到东海县给李庄的财主家贩盐，一走就是几百里。

到了近代，铁制品发达，橡胶也广泛应用之后，车轮才变成了橡胶轮胎、钢铁车辐。经过改良，车轮的弹性更足，承受的重量也更大了。

印象中，我家有一辆小推车，但是父亲很少用它。

想要推好小推车，并不是那么容易的事情。车绊要搭在肩上，双手要紧握两个车把，脚必须扎得很稳，才能把车腿从地上抬离。因为只有一个轮子，车腿一离开地面，推车人就必须立即掌握好方向，不然，车子就会左右摇摆。车子两侧的物品就会因此给推车人出一个难题，那就是必须掌握好平衡。一不小心，小车就会向一侧倾倒！

记得我八九岁的时候，父亲用小推车推着我们去地里干活。我是老大，小弟比我小四岁，步行十多里到东湖去干活，对一个四五岁的小孩来说的确是件难事，可是要是把他一个人放在家里又不放心。于是，父亲就将小弟弟放在一侧的长筐里，另一侧则放上铁锨、锄头和水罐等家什。

在小推车的前侧，拴上长绳，由人背在肩上拉着，便可以辅助小车前进了。

我们姐弟仨都曾经将长绳负在肩头拉过车。

小推车，在二十世纪八十年代便开始被慢慢淘汰。取而代之的是地板车。后者是两轮车，车体比小推车大很多，当然装载的货物也更多，而且更容易驾驭，平衡性又好。小推车相形见绌，只得从家中"主力军"的位置上退下来，小村中不怎么见到它的身影了。

若干年后，我读到沂蒙老区的一些红色故事，才知道小推车在解放战争中的历史地位。是的，那个年代，整个沂蒙老区的农民就是用小推车给人民子弟兵送粮食的。很多影视作品和美术作品中都能看到它的身影。

再后来，我见到它的身影，则是在一些博物馆、纪念馆里。

小推车，是一个年代的见证者，也是一个时代的建设者！人们永远不会忘记它！

那副钩担

钩担，是两头有铁钩子的扁担，是父辈们劳作的重要工具。

小时候，家家户户都离不开它。

那时，没有电，也没有机动车辆，近距离运输靠的就是肩挑人扛。

用钩担挑起两只筐子，才能将田地里出产的瓜果蔬菜和粮食运送至路边，然后装上小推车、地板车或自行车。

我家有两副钩担，一副是分家时爷爷给的，另一副则是父亲做的。

父亲做的钩担，用的木头是老家的那棵合欢树。

合欢树在我们那个地方叫绒花树。一到夏天，绒花树上开满了粉红色的小伞，毛茸茸的，有一股淡淡的清香。蜜蜂和蝴蝶就围绕着这些粉红色的小绒伞，飞来飞去，翩翩起舞。

绒花树的叶子和含羞草的叶子长得很像，都是细碎的椭圆小叶长在对称的叶柄上，大小和形状都十分相似。不认识的人很难分辨它们。

区分的方法就是用手指碰一碰。

一碰含羞草，它的叶子便会合拢起来。绒花树的叶子被碰的时候并不能合拢，但是每当太阳下山，它的叶子便自动合拢了，很像昼出夜归的家人。这大概是人们也管它叫合欢树的原因吧。

我从没见过绒花树招虫子。夏天，杨树或槐树底下不是挂起"吊死鬼"，就是往下掉"蚕毛子"。而绒花树下，是可以放心地坐着的。偶尔从树顶掉下来的，绝对不是虫子，而是香喷喷的粉色小绒伞！

因而，我们总喜欢到这棵绒花树下做活。

我们能干的活不多，但是像串辣椒、揉茄子种、掏黄瓜种等活，我们是可以做的。

那个时候我们种菜并不需要到种子站去买种子，而是自家留种。所以长得又胖又直又好看的，就会被留作种子。恰是暑假，这些种子纷纷成熟了。红彤彤的辣椒、黄澄澄的大黄瓜、紫色透着金黄的茄子便被摘了下来。

是的，黄瓜成熟时不再是翠绿色，而是真真正正的金黄色。这时它的味道也不再鲜脆，而是酸酸的。

串辣椒需要用针引上长长的线，在线的尾部打一个死结，然后捏住辣椒的把儿，用针穿过辣椒把儿，再往下一撸，一个一个的辣椒便被串成长长的串儿挂在房檐下，等到冬天晾干了，再取它的种子。

黄瓜和茄子，并不是直接用刀剖开取种。因为那样种子仍然附着在瓤上，而且还容易被刀切坏。

我们的方法是揉：反复地轻轻摔打揉捏，这样，种子就会慢慢从瓤上剥离开来。等到茄子黄瓜完全变得柔柔软软，这时再将它的尾部切开，用手将已经揉碎的瓤和籽儿掏出来放在盆里，再加上水，那些瓤儿就会浮起来，种子便会沉到水底。轻轻将水盆倾斜，这些浮在上面的碎瓤儿就撇走了。这些沉淀在水底的种子。再次用清水洗干净，然后就可以捞出晾晒在高粱秸串成的"盖顶"上了。

干这些活时，绒花树站在那里静静地陪伴着我们，看着我们嬉笑，看着我们劳作，偶尔轻轻奖励我们一朵粉红小花伞，这是多么美妙的场景呀。

可是美景往往是不常在的。

大约在我八九岁的时候，我们家建了新房子，要搬家了。

老房子给了我们大爷家，这棵绒化树已经有两拃粗了，移走肯定是不现实的。

父亲只好忍痛将它砍伐下来，但是它的树干还不很粗，做其他的家具也还不够。

思来想去，父亲便把它做成了一根扁担。

记得那个时候我们家里还有木匠用的很多工具，像钢锯、凿子、刨子和画线用的墨斗，一应俱全。

父亲那个时候俨然成了一名木匠。只见他将铅笔夹在耳朵上，先用墨斗画线，再用钢锯去除多余的枝条，去皮后，再用刨子刨。差不多了，再用凿子将两头凿上眼。将买来的铁钩子安好，一副钩担便大功告成了。

这副钩担，既轻快又好用，母亲喜欢挑着它干农活。

二三十年过去了，这副钩担总共挑起过多少瓜菜？没人数得清！但是，我们姐弟仨心里是有数的。

如今父母的头发都已经变得花白，那副钩担也变了样。

记得前几日，我帮父亲到地里干活，发现那副钩担中间已经断裂了，是用布条缠住的，不禁泪眼婆娑。

父亲笑着说："没事，还能用！要是真的坏了，咱新家那棵绒花树又长大了，咱还可以再做一根！"

是呢，新家屋后那棵绒花树，已经有两拃粗了，那粉红色的小伞们正在枝头绽放着清香呢！

斗笠

斗笠，在我们这个地方叫"席角（jiā）子"，是夏天遮阳挡雨的重要工具。

它一般是用竹篾或芦苇编成的，有六个角，其工艺与织席很相近。它的边缘是细竹竿，底下也有用细竹篾编成的垫圈。

夏日炎炎，将斗笠戴在头上，农人们便获得了一方移动的荫凉。若遇细雨，斗笠则又可为人们撑起一片无雨的小天地。

"青箬笠，绿蓑衣，斜风细雨不须归。"

有了它，农人们便有了诗意般的"栖居"。

小的时候，我和弟弟们都不喜欢戴斗笠，因为它又大又沉地扣在头顶上，便感觉少了许多自在。

我们更喜欢轻便一些的草帽。

草帽是用一种细长的草编成的，既没有垫圈，也没有竹竿边，便少了很多分量。风儿吹动起来，草帽能随风摇曳。孩子们更喜欢草帽的多姿轻灵，自然会对斗笠那方方正正、"一本正经"的"容颜"心生厌倦。

但是，到底是买斗笠还是买草帽的决定权并不在孩子们的手里，大人权衡的是经济和实用。毕竟斗笠既便宜又耐用，自然而然"俘获"了大人们的"芳心"。

于是，我们姐弟仨便常常只能远远地欣赏草帽的"美姿"了。

现在想来，戴着斗笠蹦蹦跳跳的孩子们，又何尝不是一幅美景呢？

记得上五年级的一个雨天，我因为斗笠获得了教语文的朱老师的

"特别关注"。

那时，我和同桌小芳两人的学习成绩都不好，都挺爱调皮捣蛋，和男孩子差不多。

因为坐在课堂的后几排，再上阴雨天，教室里光线很暗，我们根本看不清楚黑板上写的是什么，其实更重要的原因是根本不想听课。

于是闲来无事的我们便在趴在课桌上小声说话，发现老师并没有察觉这个情况。于是，我的胆子更大了，跟小芳说："我敢打赌，就是带上席角子，老师也发现不了！"小芳连连摆手："不可能，不可能！"我则气定神闲地将立在课桌腿边的斗笠罩在了头上。

为了防止发现，我又把头趴在桌子上，自以为前面几个个子高的同学把我挡住就可以了。结果正在扬扬得意的时候，几个粉笔头像子弹一样射向了我的斗笠。"叭！叭！叭！"三声巨响过后，全班所有人的目光都投向了我。我赶紧把斗笠重新放回原处。幸好，性格温和的朱老师没有当场批评我，课后也没有专门让我出去检讨。

现在想来，小孩子的心理多么好笑呀。偌大一个教室里，忽然升起了一顶大大的斗笠，高高站在讲台上的老师会发现不了吗？

一转眼几十年过去了，社会迅猛发展，我也早已离开农村参加工作二十多年了，斗笠似乎已与我毫不相干了。

在城市里，无论是避雨还是遮阳，我们用的都是更加轻便、更加美观的伞。

前几天回老家的时候，我带着二宝坐着母亲的脚踏三轮车到菜园里摘黄瓜，刚走到半路，天空忽然飘起了蒙蒙的细雨。

母亲就赶紧把戴在她头上的斗笠给了二宝，又找了两块塑料纸，一块让我放在头顶上，一块她自己顶在头上。

我仿佛又回到了小时候！是的，小时候没有斗笠的时候，我们便将塑料纸做成的化肥袋子折起一个角，作为简易的雨衣。

听着滴答滴答的小雨打在塑料纸上，戴着斗笠的二宝奶声奶气地说："原来，小雨滴也会唱歌呀！"

看来，还是童心最可爱！

滚热的冰棍

盛夏的季节，看到很多年轻人在吃冰激凌，我便想起小时候的"豆沙冰棍儿"来。

大概是芒种时节，整个小村里的人都在忙着割麦子。太阳热辣辣的，空气似乎也要凝固了。

戴上斗笠，带上磨好的镰刀，拎上一瓦罐白开水，父亲拉着地板车，全家人浩浩荡荡步行向东湖出发了。

田野里，放眼望去一片金黄，微风拂过，金色的麦浪便起伏起来，随风传来布谷鸟的声音："布谷，布谷……"

母亲便给我们唱起歌谣："光棍好过，光棍好过，一人吃饱，全家不饿！"

我们姐弟仨也在一旁随着学唱起来。父亲则笑笑，不吱声。

来到地头，父母便挥动镰刀，割起麦子来。"唰——唰——"，金黄色的麦秸整齐地躺在地上，等待着一双大手将它们绑成捆儿，再次站立起来。

我们姐弟仨先是躲在地板车支起的阴凉里。待这些"麦个子"一个一个立起来的时候，我们便有活干了。有的扛"麦个子"，有的在麦茬里找寻那些遗漏的麦穗儿。

等父母割完麦子，我们就已经把大部分"麦个子"集中扛到地头了。

父亲负责装车，母亲负责递"麦个子"，我们小孩子负责把它们一个一个扛到地板车跟前。

装好车，全家人累得口干舌燥。瓦罐里的白开水其实早已经喝得差不多了。

恰在此时，大路上传来卖冰棍的吆喝声："冰棍儿，冰棍儿，滚热的冰棍儿……"。

小孩子们的眼睛便齐刷刷地看向父亲，等待着他的命令。

父亲通常会面无表情地说："先干活，干完活再说！"

母亲则会打圆场："就怕过一会儿这个卖冰棍儿的走远啦！"

是的，卖冰棍儿的是骑自行车来的，自行车后座上载了一个盖着棉被的小木箱。倘若走远了或者卖光了，我们就吃不上冰棍儿了。

父亲便同意了。

手里拿着几枚硬币，我们姐弟仨飞奔向冰棍儿车。

掀开那层小薄被，一层白雾便升腾而起。我们便认为，这是人家喊"滚热的冰棍儿"的原因。可不是嘛，滚热的水烧开的时候也是这样冒白雾的！

冰棍儿两分钱一根，还有很多口味，有香蕉味的，有奶油味的，而我最喜欢的是豆沙的。

豆沙冰棍儿的顶部有许多红豆，轻轻咬下一块，凉丝丝的，甜丝丝的，还沙绒绒的，面面的。一下了，刚才的炎热和劳累就全部被赶跑了！

如今，我很多年没有见过这种豆沙冰棍儿了。倒是有一种老冰棍儿，常常让我想起小时候的味道。

近段时间，跟一个朋友聊起这段往事时，他说他以前卖过冰棍儿。

我们记住的都是豆沙冰棍儿的美好，他的记忆却又是另一番情形。

他从乡镇上批发了一箱冰棍儿沿着大路在田间吆喝兜售。但是不幸的是，恰好遇到了阴雨天。冰棍儿没有卖出多少，到下午时，全部化成了冰水。

怎么办呢？十多块钱泡汤了！他又不舍得扔掉，于是便用手捧起这些冰水，自己喝了下去。

到了晚上，他就因为肚子疼被送进了医院！

冰棍儿的时代早已远逝，琳琅满目、五彩缤纷的冰激凌早已取代了它们。

可是那个时代留下的记忆，会因此消失吗？

麦穰垛

小时候，麦穰垛也是我们的乐园！

金黄色的麦秸，被反复碾压之后，由开始的坚挺变得柔软起来，变成了我们所说的麦穰。

把软软的麦穰堆成圆圆的草垛，这就是麦穰垛了。

在堆麦穰垛的过程中，需要有人帮着在上面踩一踩，压结实，这便成了我们小孩子的一种乐趣。

记得那时候，父亲常常让我们干这种活，我们当然也是乐不可支！

可不是嘛！在软软的麦穰垛上恣意地蹦来跳去，完全就像现在玩的蹦蹦床呢！不会给孩子们带来任何伤害，还给大人帮了忙，这是多么美的事情！

记得上小学五年级时，我们要到北边的青山村去上课，需要途经围村路。

围村路旁的路沟旁，不知是谁家在这里堆了一个麦穰垛。我们经过这里时，就喜欢爬到麦垛顶部，然后从顶上跳下去。

小孩子人多，每个人跳上几次之后，麦穰垛的顶部便坍塌了。坍塌下来的麦穰一直铺到了水沟底，滑滑的，简直成了我们的滑梯！

后来，我们被大人们发现批评了一顿。那时才明白，小孩子是不懂事的，我们的快乐建立在了别人的痛苦之上！

是的，顶部坍塌了，雨水一淋，整个麦穰垛就会烂掉！那么，这一家人整个冬天的柴火就被我们这些小孩子"毁于一旦"了。

麦穰那个时候还是农村主要的燃料，尤其是我们这里烙煎饼的时候，必须用软柴火，麦穰是"当仁不让"的首选。

煎饼是我们家乡的主食，一顿不吃煎饼就好像没吃饱似的！

因此家家必备煎饼。

记得小时候，每隔两三天，母亲便会烙一次煎饼。每次烙煎饼时，都需要扯柴火，也就是将麦穰从麦穰垛上扯落下来！这项"工作"主要是由我来承担的。

麦穰是松软的，但是若堆成了草垛，那它就会被压得结结实实！因此，扯麦穰也是一个很费力气的活儿。

小时候，条件差，大家干农活从来没有戴手套的，所有的农活全凭自己的一双手打拼。扯麦穰也毫不例外。

每次将手伸进麦穰里，十指都会被刺痛，因此小时候，我的手指甲四周经常起倒刺儿。

麦穰垛一般都堆在麦场边或者是路沟旁，离家比较远。烙一次煎饼，通常至少需要两"筐头子"的麦穰。

母亲往往是天不亮便早已蹲坐在烟熏火燎的锅屋里，开始烙煎饼。等到天亮了，她便会大声扯着嗓子对我吆喝："赶紧起床啦！人家东院的丽花早就起来了！"

我是家中的长女，东院的丽花姐姐也是家中的长女。因为她比我大两三岁，又是周围出了名的勤快人，母亲便总是把她树作我学习的榜样。

我是很想再睡一会儿懒觉的，可是又不想被人说成"懒虫"。于是，我便忍着困意挣扎着起床了。

起床之后，第一件事就是要挑着两个"筐头子"到东边的麦场扯麦穰。

麦穰被一把一把地扯下来，摁在"筐头子"里。"筐头子"是我们这里装草用的重要工具。它的顶部由细长的三根木棍用绳子绑好，作为木梁，底下是用细柳条编成的浅筐。因此，要是把两个"筐头子"摁满麦穰，足足有二十斤重。

朝阳里，麦场旁的麦穰垛边，仿佛仍然可以看到那个挑着两个"筐头子"的黄毛小丫头呢！

麦麸

小麦是农村的主要粮食作物，浑身上下都是宝。

不用说，麦子可以磨面做成面粉，麦秸也可以编草苫子，可以打成麦穰堆成垛做柴火。就是留在地里的那些麦茬，连根拔起，晾晒干了，除去泥土，也可以做柴火。

麦子脱去壳之后，在磨成面之前，外面还有一层皮，就是麦麸。

粗面就是不除去麦麸的面粉，口感很粗糙，细面才可以做馒头蒸包子包水饺，又白又细又筋道。

小时候，收了新麦，母亲总要先磨上一袋细面，准备给我们姐弟"拉馋"（解馋）。与此同时，另一个瓦缸里便会盛着一些麦麸。

通常，麦麸是用来喂鸡鸭的。

但是我们姐弟仨却又将其开发出另一种妙用。

麦收结束，菜园里的西红柿便开始由青蛋蛋变得发白发亮，然后从顶尖处边开始微微发红。

小孩子们便急不可待了，若是等到太阳自然把这些西红柿全部晒红，估计还得将近十天。那怎么能成呢？

为了让这些带红尖的青蛋蛋早点变红变软，我们便商量着找个暖和的地方焐一焐。

记得秋天时，姥姥家的柿子也是需要焐一焐才能吃的。对了，记得姥姥就是把柿子埋在麦麸里面的。

于是，我们也学样儿，把才刚刚有一点儿红尖的西红柿摘下来，偷偷藏进盛有麦麸的瓦缸里，静静等待它们成熟。

青蛋蛋们悄悄地躺在厚厚的、松软的麦麸"被子"下睡上两三天，脸蛋儿便变得红红嫩嫩了。轻轻掰开，西红柿的沙瓤便呈现在面前，咬上一口，酸酸的，甜甜的，沙沙的，还带着西红柿独特的香味儿，甭提多好吃啦！

有时因为性子急，还没等西红柿熟透，我们便拿出来吃，涩涩的味道让我们后悔不迭！

有一次，我们的妙招被母亲发现了。

"哎？西红柿怎么跑进麦麸缸里来了？"母亲好像是自言自语，又好像是在责问我们姐弟仨。

我们三个小孩子相视一笑，然后纷纷摇摇脑袋，没有一个承认的。

"难不成它自己长了腿儿？"母亲的话还没说完，我们三个人便撒开脚丫子跑开了。

这个秘密被发现了，我们便转移到其他地点，开发出更多捂西红柿的方法来。

有时把西红柿埋进麦缸里，有时把西红柿放进米缸里。

这些都是母亲不知道的。

后来我跟母亲说起这些事时，她笑了："不知是谁把西红柿放在被套里，后来我拆被子的时候，发现有一个都烂了！"

毫无疑问，不知是谁把它藏在里面，后来忘了拿出来。棉花被子肯定也烂去了一大块儿。

估计当时母亲肯定气得不得了，但苦于找不出是谁干的，也只能不了了之。

其实也并不是一点办法没有，但是母亲又舍不得打我们，还不想因为这点小事向父亲告状惹父亲也生气，就这样息事宁人了。

三四十年过去了，那时的淘气，那时的顽劣，如今在母亲眼里都已成为故事。不知过儿年，再讲给我的二宝听，会是什么效果？

他会追问什么叫麦麸吗？

不二门子

阴冷的天气，好像要下雪的样子。刚满一百天的二宝睡着了，好不容易有点空闲的我便打开电视瞅瞅。

正是广告时间，说的是全国古建筑摄影大赛，其中"户牖"俩字让人回味悠久，我的脑海中便忽地冒出了"不二门子"。

现在大家都在发掘传统之美，那些楼台殿阁和大家大户的门楼牌坊都成了摄影家的宝贝，可我儿时的"不二门子"却再也见不到了，没法拍照，我便用文字把它"画"出来罢。

"不二门子"，是我们这里的土话，就是堂屋门外面的双扇半截门，有点像现代城市里酒吧或咖啡店吧台的小门。

为什么会叫这个名字呢？大概是因为它是有弹性的，不管是进门或出门，只需轻推即可，它会自动回到关闭的状态。推门的动作有些像"扒拉"，而"扒拉"在我们这里的土话中发音就是"不二"。

这种门，只有门框的一半高，是双扇对开的，没有锁。它是用木条或木板做的，也不需要专门加门框，直接在原来的门框中间加一根有弹簧的铁丝，将"不二门子"系在上面就可以了。

那时的堂屋门是用整块木板做成的，因此像长辈般稳重大方，轻易不动；而"不二门子"则轻巧灵动，如同孩子般顽皮，它就紧挨着堂屋门，仿佛是揪住母亲衣襟的小孩子，左张右望，连蹦带跳，可爱极了。

通常，家里有人时，因为人要不停进出堂屋，每次都要开门就很麻烦。而那时的屋子窗户很小，又没有电灯，堂屋门一关，屋里的光线就很差。尤其是冬天，阴沉沉的，堂屋就更暗了。若是雪花飞起来，"不二门子"的功效就更加明显了。因为，它还能够挡住企图胡乱飞舞、登堂入室的雨雪。

当然，"不二门子"还有另外一个重要功能：将鸡鸭挡在门外。

那时候小村里每家每户都有一个院子，几乎每家每户都养鸡。农村养鸡都是在院子里散养的，堂屋里当然放着粮食，也有一些饭渣渣，这可是它们的宝贝。但是，要是放它们进来，它们不但会偷吃粮食，更会毫不客气地在堂屋里留下它们的排泄物，这可是个大麻烦呢！

安上"不二门子"，对堂屋不时"觊觎"的母鸡们只能望"门"兴叹，"咕咕——咕咕——"地在天井里踱来踱去。老公鸡再怎么耀武扬威，也只能用利爪刨着土墙旁的软土，偶尔伸长了脖子高声吆喝"高高楼——"，它是抱怨，还是在报时，我们小孩子可全然不管，只顾端着粗陶饭碗安心地往嘴里扒拉着米粒！

随着时代发展，玻璃进入寻常百姓家，窗户越来越大；门上也有了玻璃，而喂鸡则早已用尼龙网子圈住，不再散养了。

"不二门子"便一去不复返了！

但是，我还是常在梦里回到三十多年前的老家，回到安着"不二门子"的堂屋里，回到我儿时的乐园！

出于好奇和怀念，我还是很想知道网络上有没有与"不二门子"相关的信息或文章，于是，我便请教了一下"百度"老师。结果发现没有和它相关的介绍。

我只好搜索关键词"不二"，于是，"不二法门"便赫然跃至眼前。

嘿嘿，"不二门子"也可以说是透视那个时代寻常百姓生活智慧的"不二法门"呢！

水漫桥

盛夏，一场暴风雨呼啸而至。

噼里啪啦的雨点敲打着车窗，雨刮器飞速地左右摇摆。一片朦胧中，一座桥出现在眼前。这是临西五路的跨河大桥。晴空的夜晚，这是沂河上美丽的彩虹。但在风雨中，它已面目全非，唯有灰色的轮廓，依稀可见。

桥上的车辆都在缓慢而又小心翼翼地行驶着，我便想起了那个小名叫英菊的姐姐。

那时，我大约十四五岁。她大我一岁，很爱笑，一笑就露出深深的酒窝。我俩是好朋友，她性格非常温和，经常带着我一起玩耍，也曾帮我克服卖菜的羞涩。

因为我们那个小村庄，世世代代以种菜卖菜为生。初中毕业，我们就要学习怎样将菜运到集市上，并成功售卖出去。这时，我们便获得了金钱的绝对支配权：集市上卖得的零钱全部归我们这些半大的孩子。虽然有些辛苦，但是能够获得金钱上的自由，这对很多孩子而言，不能不说是一种极大的鼓励和诱惑，因而都在盼望着这种自由的早日到来。

但是我们姐弟仨却对此毫不"感冒"。母亲十分好奇：咱家小孩怎么不想赶集呢？她不理解我的感受：附近的集市总会遇到一些熟人，比如老师，比如同学。我打心底里害怕看到熟人来到自己摊位前买菜的目光，也不知该怎么处理这些事情。

看到这种情况，同样在旁边摆摊卖菜的英菊便主动过来帮我招揽客人，打理菜摊上的茄子辣椒，还教我怎么与熟人打招呼，我自然很是感激。

印象中最深刻的便是她那条长及腰部的大辫子，粗粗的，黑黑的，亮亮的，很漂亮。但是，到了夏天，天气很热，要拖着这条大辫子，必然又沉又热。但是她不嫌！

因为她有一个美好的打算：等辫子长到一米，就能剪下来换一辆崭新的自行车啦！为此，她得忍受三到四年的不便，但她毫无畏惧！

因为她的父亲身体不好，母亲智力也有些障碍，而且还有两个正在上学的弟弟。能够减轻家里的负担，那是一件很荣耀的事情！

初中还没毕业，她便退学了，我则很幸运地去了县城读高中。

高一放暑假回家那天下午，天气异常闷热。我骑着自行车载着书包和被褥急匆匆往七十里外的家里赶。

原本是万里无云，骑到半路，老天爷突然变了脸。很快，乌云密布，电闪雷鸣，瓢泼大雨不期而至。

回到家里，我浑身湿透，被褥也湿透了，唯有被塑料纸包裹着的书包幸免。

第二天一早，村子里传出一条特大新闻：英菊过李庄桥时被大水冲走了！

原来，她昨天一大早便骑车带了两化肥袋的辣椒茄子到沂河西岸的唐庄赶集。下午卖完菜后，暴雨来临，沂河里的水暴涨，漫过了桥面。

这座老桥，有百年历史，是一座青石铺就的石板桥，桥两侧没有栏杆。这是回家必经的道路，沿河数十里只有刘道口桥和李庄桥两座没有栏杆的青石板桥。

此时过桥十分危险，桥西侧等候的人很多，大家都在观望，想等雨小一点，水落下去，再过桥。可是暴雨持续时间很长，一直到天快黑了，才算小了些。有的人便尝试着踩着这座水漫桥往河东岸走。在桥西侧等候多时的英菊也急于回家，便趁雨点小的时候推着自行车上了桥。

桥面上的水流不断向南冲，她走到桥中间时，便失去了平衡，在身体右侧的自行车先掉下了桥，一下子把紧握车把的她拖进了河水！瞬间，连车带人被桥下滚滚的河水卷向沂河中央！

那时没有电话，人们传信全靠两条腿。英菊被水冲走的事，直到半夜，家里人才知道。她的父亲和家人带着手电筒沿河打捞了一夜，也没找到尸体。

全村陷入悲痛之中，却束手无策。

我当时大哭了一场，也只能感叹水火无情罢了。

如今，三十年过去，沂河与沭河已经贯通，沂河上也早已修建了十几座崭新的跨河大桥，在角沂和小埠东也都建了橡胶大坝，在刘道口建了泄洪闸（就是刘道口水利枢纽），在李庄江枫口也建了防洪闸，又专门留出土地建了"武河湿地"，用于保护生态环境。

武河湿地紧挨着江枫口，就在李庄桥的西侧。

风和日丽的闲暇时光，我有时会带着孩子们去武河湿地玩耍。看着孩子们尽情地享受蓝天白云与绿水青山的美好，我的脑海中还是会浮现出英菊的影子：那花样的年华，那油黑的大辫子，那满载着辣椒茄子的自行车，还有那铺着青石板的水漫桥……

汽车缓慢驶过大桥，暴雨骤停，太阳的余晖从云层中透射出来，彩虹桥上方的天空中竟然斜挂着一道细细的彩虹。

我忽地想起一件很欣慰的事：英菊的弟弟后来考上了水利学校，就在江枫口那儿工作呢！

汪

我们这里，管池塘叫"汪"

我们的小村不大，有三个汪。

最南面那个汪最大，我们叫南大汪，在村子主街的南侧。这个汪有向东一条小水沟直接与村东的大沟连着。南大汪南的这条水沟把村子一分为二——沟南和沟北。我们家住在沟北，我姑姑家住在沟南。沟北的人家多数姓孟、姓魏、姓马、姓陈。沟南人家多数姓李。在农业合作社时期，沟南是一队，沟北是二队。

村子的最北面有一个汪叫北大汪。这个汪的北侧也有一道水沟，直通村东的那条大水沟。这道水沟的北侧全部是菜地，没有人舍得在那里盖房子，因为这块地是最早的老菜园，土壤特别肥沃！

村子东面，也有一个汪，我们叫东大汪。这个汪的北侧也与村子最北面的水沟连着。二十世纪八十年代中后期，我们家就搬到这个汪的东侧去了。我曾经差点在这个汪里丢了性命。

村子西面也有一个汪。这个汪很小，它的北侧也与村北的水沟连着，它的西侧是我们小学的所在地。我在那里读了一至四年级。我们村子很小，所以小学只有一到四年级，五年级就得到北面大一点的村庄——青山村——去上学。

记忆中，这三个汪是我们村洗衣服的地方，也是夏天在里面游泳洗澡的地方，很多孩子的游泳技术就是在这些大汪里练成的。

现在想来也是很有意思，这听起来多么不卫生啊！可是，那时候根本没有污染这个说法，那时候人口少，用的洗涤剂也少。其实我们这个村种菜的历史也在随着时代变化。

我还记得六七岁时在南大汪曾经和父亲一起用脚在碾盘上踩烟叶。也就是说在二十世纪七十年代末八十年代初，我们村子是种烟叶的，就是那种烤烟用的黄烟。

盛夏时节，黄烟的叶子长得特别茂盛，把它们从茎秆上剥下来，晒成半干，接着再用手把它们搓得皱皱的，然后把它们放在水里，用脚反复地踩，直至把它们踩得没有了韧性，最后再把它们挂起来晾干。待到冬天就可以成捆成捆地卖烟叶了。但是不知道为什么，到后来我们村子就没有种黄烟的了。估计是效益不好！

后来就慢慢变成了种西红柿、黄瓜、芹菜、白菜、萝卜、茄子、辣椒之类的了。西红柿黄瓜和辣椒都是应季产品，不耐储存；白菜晒一晒，"垛"起来就可以冬藏了；萝卜则只需在土里挖个坑埋上就行了；只有芹菜是我们村子里最考验储藏技术的蔬菜！我们村的芹菜从秋天一直卖到第二年春夏之交！这也要归功于我们会用土坯砌成菜窖，即便在寒冷的季节里，芹菜也不会结冰，这样能够保证它新鲜翠绿！当然在出售之前要进行一番包装打扮，然后还要在水里浸泡上一天，此时村里大汪的作用就充分显现出来了。

尤其是在数九寒天里，先在汪边用铁锨将厚厚的冰层砸出一个大冰窟窿，然后将前一天夜里摘好包扎好的芹菜成捆成捆地塞进冰窟窿下面的水里，整整泡上一天，下午再把它们捞出来，带着冰碴碴装进麻袋里。第二天一大早天还不亮，父亲便用自行车驮着它们到各大集市场卖去了。

大汪啊大汪，滋养了我们村里一代人的成长！

可是，如今东大汪和南大汪都不见了，它们都被人们用石头或者沙土填埋上，并在上面建起了两层的小楼。

只有西大汪仍然"健在"，不过里面已经长满了芦苇，池水也没有以前那么清澈，水面上长满了青萍。

大汪啊，再也没有孩童们在这里游泳嬉戏，再也没有妇人们在这儿洗衣洗菜！而我们，再也无法回到从前，再也回不到无忧无虑的童年！

村西河堰

沂东村的西面就是沂河，临沂境内最大的河流。

为了防止夏天的时候河水泛滥，人们沿着河道两侧筑起了很高的河堤，我们当地称为"河堰"。

河堰的东侧是黄土地，西侧是沙土，靠近河流的地方，完全变成了沙滩。

记得小时候村西的河堰两侧都长满了蜡条。

蜡条是一墩儿一墩儿丛生的灌木。秋天的时候收割下来，第二年春天，那边又发出很多的枝条来。它的花是深紫色的，嫩枝儿一旦被掐断，就会流出一种颜色像鲜血一样的液体。爱美的女孩子会把它涂在指甲上，调皮的男孩子则会以此制造自己受伤的假象。后来我才知道这种植物的学名叫紫穗槐。

蜡条之间，还栽了许多狼尾草。一到夏天，草丛里便长满了毛茸茸的"狼尾巴"。相比狗尾草，它的毛又大又长，常常会有小露珠隐藏这些绒绒的长毛里，太阳照射下来，非常晶莹漂亮。

狼尾草也是到秋天的时候就被收割下来，第二年春天才重新开始生长。

沂河已经在这片土地上流动了几千年，河堰自然也存在了几千年。

河堰的顶上是平坦的沙土路，沿着它一直向北走，大约十里路，越过刘道口分洪闸，就到了我姥姥家所在的彭道口村。

小时候，母亲便是沿着这条河堰领着我们姐弟仨去我姥姥家的。

母亲不会骑自行车，历来都是步行回娘家。她通常会跨上一个箢子，里面放着姥姥爱吃的点心或麻花。我们姐弟仨便像小雀儿一样，跟着她一路上叽叽喳喳。走到刘道口分洪闸那里，我们通常会休息一下。

这是一个东西向的水利枢纽工程，沟通的是沂河和沭河。桥下用很深很高的厚铁板闸住了水流，仅留一个小口流水。

水流的声音很大，闸又很深，这便足以引起我们姐弟仨的好奇心。因而，每当走到此处，我们姐弟仨便要探头看一看那气势恢宏的流水。母亲则紧张地站到另一侧休息，嘴里不停地警告我们："小心，千万别掉下去。"

母亲有恐高症，她从来不敢往桥下看，我们姐弟仨却没有一个恐高的，经常心里笑话她。

后来我家住上了三十层的楼房，母亲每次到我家里来，都不敢靠着窗边站，只是远远地看着。

因为我们家楼层高又在沂河支流祊河的北面，母亲每次来我家都会问上一句："那不就是西大河吗？我看那条河堰就是咱村西的河堰！记得看你家大宝时，我还沿着咱村西的河堰一直走过来呢！"

是的，不错，沿着这条河堰，一直往前走，就能回到娘家。

虽然河道拐了几道弯，分了几个岔，但是只要沿着河堰一直往前走，就能找到故乡！

这是多么幸福的事呀！

以前的河堰全是土路，总共也就十多米宽。

十多年前，市政府对河岸进行了修整，将它变成了一条双向四车道的滨河大道。

如今，滨河大道两侧鲜花盛开，绿树成荫，开着车半个小时左右就可以回到娘家啦！

村西河堰，如同一个小村姑娘，摇身一变，也成了都市丽人！

暴雨

今天是大暑，三伏期间，特大暴雨的预报早就在各大媒体上传播开了。

人们纷纷准备雨具，单位领导也提前召开会议，进入战时防汛状态。而据在应急管理局工作的同学反映，他们早就已经演练过多次了。

所以，此刻，外面的雨虽然下得很大，我的心里仍然是踏实安稳的。

不像小时候，每每遇到狂风暴雨，我都提心吊胆，与父辈们一样！

小时候我生活在农村，父亲是种菜的，家里住的是瓦房。

只要看到乌云从天边快速涌上来，尤其是西南边涌上来的乌云，村里的人便慌张起来。

母亲说："西南雨上不来，上来没锅台！"这句俗语的意思是，西南边有云，要么不下雨，要么就下能淹没锅台的大雨。

那时候，家家户户用的是土锅，锅台至少有半米高。雨水要是淹没了锅台，那得有多可怕！

于是，村里人开始小跑起来，不管是扛着锄头的，还是拉着地板车的，抑或是推着小推车的，脚步都加快了不少。没回家的忙着往家赶，在家里的又开始惦念菜地里的菜秧、田野里的庄稼。

不论是路边晾晒的粮食，还是绳上未晒干的衣服、散在院子里的鸡鸭……都是村民的命根子哪。

天空昏暗起来，狂风夹带着雨点来了。雨点噼里啪啦砸在头上，砸在胳膊上，砸在尘土飞扬的土路上。没有戴斗笠的小孩子们用手抱着脑袋，跟在父母身边飞快地跑着。

忽然，天际划过一道亮闪，紧跟着就是"咔嚓"一声，仿佛雷公就在头顶。小孩子们有的紧紧抓住父母的衣服，有的跑到屋檐下，有的跑到了大树下。

大人们连忙大声呵斥："快过来，不能站在树下！"那些躲在树下的孩子便赶紧飞奔过来，俨然是慌慌张张的雀群。

大雨像瓢泼一样倾倒下来。

天地间变成混沌一团。很快，地面上形成了小溪，向矮处流淌。大人又披上雨披，戴上斗笠，走进雨帘里，这儿铲铲，那儿挖挖，引导着水流奔向村里的沟渠。

有一年，雨水特别大，村东的大沟都已经满了。地里的庄稼东倒西歪，菜园里的辣椒也东倒西歪，井里的水也和地面齐平了。

父亲却非得带着我们冒雨到菜地里拔青菜不可。他的理论是："天气不好，别人的菜都拔不出来，集市上肯定缺货！咱辛苦一点，保准能卖个好价钱！"

于是，我们冒着雨开始干活。地里的土已经很松软了，脚一踩上去便是一个深坑，没到小腿肚，鞋子自然是没法穿的。于是，我们就光着脚丫，把裤管撸到膝盖以上，一棵一棵将那些青翠的小青菜拔下来装到筐里。

最后，等拔完一畦青菜，装好筐，发现自行车根本就没法原路返回了。原来，来时的土路全部被水淹没，车辘辘陷在泥里，全家人连推带拉都很难挪动。幸好我们家这块菜地离北边的青山村的大路很近，于是，我们就调头往北走，绕道青山村，然后才回到家里。到现在我都还记得雨水打在头上，迷得眼睛都睁不开的情形。

这种被雨迷得睁不开眼睛的情形，后来在我读高中时也经历过几次。

那时，上学是骑自行车的。放暑假回家，我便骑着自行车，带着被子和书籍沿 205 国道往北走。走到半路，下起雨来了，雨越下越大，又重新体会了一下当年和父亲一起在菜园里拔菜时的情形。

这个场景有点辛苦，但比起冬天雪粒儿打在脸上的情形，好像还要强一些呢！

我参加工作后也遇到过一次大暴雨。

那天，正好我值夜班。一大早，就接到报警：有一辆大货车掉进火车道下面的沟里去了，需要救人。

来到现场，原来是一辆"解放牌"大货车原本想穿过火车道下面的小隧道，结果没想到这个隧道是向下挖的，低于水平面很多。现在有水积在这里，看不出来它有多么深，司机不知底里，一踩油门开了进去。没想到水竟然正好没过驾驶舱，司机被困住出不来了。我们赶紧抛出绳索，总算把他解救上来。

这个警务还没处理完，那边又有一个村子里的群众打电话说家里被淹了。

警车涉过半个车轮深的积水来到了这个村子，原来那户人家的地势比较洼，雨水倒灌进了房屋里，堂屋里的床、水瓢和水缸等都浮起来了。老太太家门口放了几个沙袋，也没有把水阻拦住。

我这才意识到"为人民服务"的重要性。

是的，身为人民公仆，应该像大禹治水一样，"三过家门而不入"，首先把群众的冷暖放在心上！

暴雨，你尽管来吧，我们一起共同接受你的考验！

大队部

大队部，就是过去我们村民对村民委员会的称呼。

我出生时，吃"大锅饭"的年代刚刚结束。

吃"大锅饭"的年代，我们村子被划为四个大队，统一工作，所以每家每户劳动都要计工分，大队部就是小村的"领导"们工作的地方。

印象中，大队部是一连排八九间屋的一个大院子。它的屋顶也是用稻草苫的，堂屋是用青砖砌的墙柱，其他地方都是土坯墙，与当时周围群众住宅的建筑风格一样。

但是，大队部的院墙却是用红砖砌成的。这是为什么呢？后来仔细想了想，应该是五六十年代先盖了堂屋，并没有院墙。到了七八十年代的时候，才砌起来院墙。这时候，大家都用的建筑材料就是红砖而不是青砖了。

大队部的东面，隔着一条小土路紧挨着南大汪。院子墙外的东侧有两间矮小的屋子，是村子的卫生室，院子外面的西南角原先也有几间房子，那是我们上"育红班"的地方。

大队部的北面，正靠着村里的中心大路，还有一个很大的空场子，这是我们全村看电影的地方。

大队部的东北角，就是一户姓卫的人家开的小卖部。

由此看来，大队部集小村的教育、医疗、娱乐、购物功能于一体，自然而然就成了村里的"风水宝地"，也是我们这些孩子的乐园。

尤其是吃过晚饭以后，大人们开始休闲，我们这些小孩子自然而然也聚在这个全村最大的公共娱乐场所里喧闹嬉戏。

虽然那时并没有像现代的滑梯等玩具，但孩子们总会找到乐趣。

其中一个最受大家欢迎的项目，就是跳麦穰垛。

大队部的院墙内的东南角有一个堆得很高的麦穰垛，孩子们就把它当成了"滑梯"。

我们先手脚并用爬上这个麦穰垛的顶部，然后哧溜一声滑下来，还要比赛看谁滑得快，看谁滑得稳。还有一些胆大的小孩，敢从顶上直接跳下来。我就是其中的一员。

跳麦穰垛的，一般都是胆大的男孩子，因为这需要很大的勇气。想一想那么高、那么危险，很多柔弱的女孩子是不敢的。

但是我更喜欢和男孩子一起玩这种跳麦穰垛的游戏，而且往往并不输他们。

那个时候的孩子们，都是放养的。三四岁以后，基本就没有大人陪着了，都自由自在地疯玩。

所以起初母亲并不知道，后来这些事就慢慢传到了她的耳朵里。

"你家闺女，比男孩子还皮！"

"那么高的麦穰垛，她都敢跳下来！"

母亲只得笑笑："哎，这个丫头估计是托生错了！上辈子啊，应该是个男孩子！"

如今，大队部的房屋早就卖给了一户姓孟的人家。

前几天，我回娘家的时候从那里经过，远远地拍了一张后墙的照片。

墙还是那堵老墙，房顶已经有点坍塌，但是墙皮外用水泥砌抹成的黑板还在，一些标语也还依稀可见。

"优生、优育、优教，利国、利民、利家。"

"晚婚晚育，少生优生。"

听说新的大队部几年前已经搬到村北去了，但是我从来没有去看过。

因为那里毕竟与我无关。只有这个老院子，还记载着我的童年。

围村路

我们村的四周各有一条土路，就是平时所称的"围村路"。

但是，如果说起我儿时心中的围村路，就是指村东通往青山村的那条南北路。

这条路，已经存在了几百年！到现在，它仍然青春不老，任孩子们在它的脊背上走来跳去！

前段时间，我带着三岁多一点的二宝回娘家，还又到这条围村路上走了一趟呢！

这条路，它定然忘不了男人们的耕耘、女人们的勤劳、孩子们的顽皮！

这条路，它定然记得当年男人们背后梳着的长辫子，也记得女人们后脑勺上窝起的发髻，当然也忘不了孩童们前脑门上的"小锅铲"、少女们双耳旁挂着的麻花辫！

这条路，它定然记得村中菜畦的变化：从最早种的黄烟、白菜到后来的黄瓜、茄子、西红柿和芹菜；从原来的"听天由命"式的无奈到后来的小型塑料弓棚，再到现在人们可以在里面自由行走的塑料大棚；保鲜方式也从起初的挖土窖到后来的垒土窖，再到现在，就是隆冬的雪天，照样能直接在大棚里耕种收获新鲜的蔬菜……

围城路啊，咱们先来数一数几百年来的春花、夏蝉、秋霜、冬雪，可好？咱们再来谈一谈多少年来草木的枯荣、田地的耕作、菜畦的打理，可好？要不然，您再来讲一讲小村里那些曾经的婚丧嫁娶、悲欢离合吧？

围村路，它默然不语。

那么，围村路啊，您还记得有多少个汉子光着脚板在泥泞中踯躅前行吗？您还记得村妇们曾多少回顶着烈日在您的脊背上晾晒粮食么？那您定然也记得娃娃们曾多少次在您的身边哭闹、嬉笑罢？

围村路，它默不作声。

那么，围村路啊，您还记得在您身上的印痕么？那些脚印，是什么鞋子留下的？是草鞋、布鞋，还是塑料凉鞋、棉鞋、芦花鞋？那些车辙，是什么轮子留下的？是木轮，还是橡胶轮？是什么车子留下的？是独轮车，还是自行车、三轮车、拖拉机、小轿车？

围村路，它仍旧默默无言。

围村路啊，您还记得那群在路沟旁的麦穰垛上蹦跳的小顽皮吗？还记得用扫帚枝扎已经抱团长得很结实的大白菜的那些淘气包吗？还记得当年那个腼腆得一说话就脸红的黄毛小丫头么？

转眼四十多年过去了，我记忆中的围村路已不再是村外的路啦！如今，村民的房子早已建到了公路边，围村路也只是"徒有其名"罢了！原先的黄泥路上也撒上了煤矸石，不再那般泥泞。与它北头接壤的青山村的道路都已经铺上了水泥呢！

我们村的房子已由草屋、瓦房、大平房，变成了二层、三层的小楼，而青山村的旧址已完全消失，村民早已搬迁到了干净整洁的高楼小区里！

围村路啊，你的未来会是什么样子呢？

东湖

在我们村里，东湖指的是 205 国道东面的那片田野。

东湖是我们村种植庄稼的地方，它的土壤，与我们村里的土壤不一样，是黏土，是黑土。而我们村周围的是黄土，也比较松散。

东湖，北与青山村接壤，东与连埠村接壤，南与白场村接壤。它的正中间有一条东西路，正是我们村东西主路的延伸。

它又被一条南北路分为东西两块。在这条南北路与东西路交会的地方，有一间小屋，里面住着我们村的一个光棍。他常年在这里照看路两旁栽种的杨树。

小屋西南的那块地，比较低洼，村民叫小河子沿。夏秋之际，这块地势最低的地方便蓄满了水，形成了一个小汪。

后来听我姑奶奶说，这块地原来曾是民国时期的一个砖窑厂，烧的都是青砖，质量可好了。

后来，日本鬼子来了，窑厂老板和烧窑的工人全都逃走了。因为这个地方长期烧砖取土，所以才就形成了低洼的地势。

以前，我们家在这个汪东侧有一块地。这块地的耕种比较简单，都是一季麦子、一季玉米大豆。

印象最深的就是，我上初三的时候在小河对沿东侧的这块地里"点"（播种）马缨（玉米）。这一年特别旱，土壤都已经板结，后来又开裂了。

往年都是收完麦子之后，下上几场雨，土壤就变软了，我们就可以直接点马缨了。而这一年等了很长时间也没有雨。

于是，我们需要到这个小汪里挑水。

那时我正好十四岁，个子基本长成了。在我们村里的女孩子当中，我还算是个子比较高的。所以母亲早已把我当成了大人。母亲用钩担挑着两个铁皮水桶到汪边挑水。我也挑了几趟。

那个时候，我还小，长得也不壮实，所以根本无法挑起满满的两桶水，只能每个水桶装半桶水。但是，挑着这两半桶水，我仍然很吃力，需要双手抱着扁担才敢慢慢往前走。因为如果走得太快，两个铁皮水桶就会前后打晃。一不小心，好不容易挑来的水就会泼洒出来。

东湖的最东面，有一个很高的土岭，我们家在那里的东北角也有一块地。

因为我们这块地往东就是土岭，所以它仿佛又给这块地增加了空间。村民是舍不得浪费任何一点儿土地的！他们便开动脑筋，在土岭与这块地的交界的斜坡上种上一些豇豆、绿豆、红小豆之类的矮庄稼。

每到夏秋之际，母亲便到会到这里采摘成熟的豆荚。将这些豆类晒干，我们的稀饭里就多了很多面面的豆豆，这可是我的最爱呀。

转眼几十年过去了，因为要修铁路，我们家的这几块地都被征走了。

所以，我们再也不必去东湖种庄稼了。

大约在十年前，我们村的坟地由河堰以西迁到了东湖。记得迁坟的时候，我还专门回去了一趟。

那时候爷爷还在世，爷爷还专门跟我们讲过哪个坟头埋葬着哪个先辈。那个时候他八十多岁了，数着这些坟头，他兴高采烈，仿佛亲人还在世。

因为我是出嫁的姑娘，按照封建习俗，不能像弟弟们那样每年去给他们上坟，只有家里有刚去世的亲人，或者是三年祭、十年祭的时候，我才去一趟东湖。

我们家族最近去世的是我爷爷。他走的时候九十三岁，正好是春天。

上五七坟的时候，正好赶上坟头周围有很多家种的油菜花开了，煞是热闹好看。

我和弟媳小吴等人还专门在这些油菜花地里拍了照片呢！

东湖，将会成为我永远的记忆。

湖兔树行子

我们这里管"树林子"叫"树行（háng）子"。

以前，我们庄与青山村交界的地方有一片树行子，叫作"湖兔树行子"。这是我小时候最害怕的地方。

以前，河沿两侧有很多树行子，有核桃树、栗子树，也有苹果树、桃树，还有桑树。这些树行子，都是村民的果园，有人看护。我们小时还经常成群结伙地去偷果子呢。当然，也有一些树行子里种的是杨树、槐树，长得高大而整齐，我们也常在秋冬天时到里面去搂树叶子当柴火。

湖兔树行子里没有这些果树，倒也有一些槐树、杨树，但是它们都长得歪七扭八的，从来没人看护，我们这些小孩子却从来不敢到里面去。

为什么呢？

因为这个地方，就是"官地"。

所谓"官地"，就是各家扔死去孩子的地方！

以前，医疗条件和营养都不好，很多人家的孩子会夭折。尤其是小孩子三岁以前，特别难带。更有的母亲因为本身就营养不良，小孩子根本没有奶水喝，就只能靠小米糊糊上面的那层油养活。

那个时候，没有火化的风俗。人死了都是在各家的"林地"里挖个土坑，将尸体放进棺材里埋上，然后在顶上堆个土丘，这就是坟头。但是，婴儿是不能入"林地"的，于是，各个村子都会有块"官地"。

毕竟，婴儿也是一条人命，而且往往还承载着全家的希望。但是，当时的现实情况十分无奈，人类还无法与疾病抗争。这对十月怀胎的母亲而言，算得上是沉重的打击。

因此，"湖兔树行子"是一些家庭的伤心地。

小时候，我们这些小孩子绝对不敢进入这片树林，还有一个重要原因是，据说这里常常能听到一种诡异的声音，就像婴儿在啼哭！后来才知道，原来这是爱吃腐肉的猫头鹰的叫声！

这更增加了我们的恐惧！

于是，但凡能绕开这片树林，我们都会想法绕开！

有一次，我跟母亲回姥姥家，恰好途经"湖兔树行子"，我就紧紧抓住母亲的衣角，一直扭着头不敢往这片树林里看，但是心里又对它充满了好奇。

于是，在登上河堰后，我还是忍不住往这片树林里看了看。是的，这片树林很荒芜。树木都因为无人修枝打理而长得歪歪斜斜，树下也满是垃圾，偶尔还能看到里面有一些碎布头，尤其显眼的就是鲜红色的布条。

这种颜色的布，是我们当地用来辟邪的，一般用于包裹初生婴儿或是结婚的衣饰。

我瞅了一眼，就赶紧扭过头，不敢再细看了。因为，我担心真的看到婴儿的尸体！

据父亲讲，我们村里有个小名叫狗剩的孩子，当年因为生病治不好，被父母扔到"湖兔树行子"过了一夜。第二天早上，过往的人听见婴儿的哭声，一看有个小孩裹在被子里，心里感叹："哎哟，幸好没有被狗给吃了！"于是，人家又把他捡回来，打听到是谁家的孩子，又给送回来了。这个小孩现在已经五十多岁了，还活得挺好呢！

转眼几十年过去了，"湖兔树行子"早就不见了。这里早已建起了厂房楼房。到处是平坦宽阔的水泥路，河堰也建成了车水马龙的滨河大道，道路两侧都是修剪整齐的花卉林木！

如今，开着汽车途经这片土地，映入我们眼帘的是绿丝轻摇的垂柳，是百日常红的紫薇，还有四季常青的冬青和盛开的雏菊、"步步登高"等鲜花。

耳畔传来的也是清脆的鸟鸣，有啾啾的麻雀，也有叽叽喳喳的花喜鹊，偶尔还能听到杜鹃在"布谷，布谷"唱歌呢！

再见了，哦，应当说是再也不见了，"湖兔树行子"！

"鸭子嘟拉"

夏季，是知了们高声歌唱的季节。最近正是三伏的最后一伏，气温高达三十五六度，临沂刚刚经历了一场特大暴雨，天气又闷又热，耳朵边不停地响着一种蝉的声音，好像越发加剧了人们心中的烦躁。发出这种声音的蝉，在我的老家称为"鸭子嘟拉"，但我不知道它究竟长什么样。

单位停电了，中午我赶回家，坐在书房的空调下，凉快起来。

窗外"鸭子嘟拉"的声音仍然不绝于耳，我的好奇心又上来了。于是，我开始了"探索之旅"。

我先是问孩子他爹："你见过'鸭子嘟拉'吗？"这位先生刚吃过午饭，正打算躺在空调屋里睡困一会，对此根本不"感冒"："没有，没见过！研究那个干啥？"

我便打电话给母亲。母亲刚和父亲从菜园里拔了油菜回家，正在空调屋里捆油菜。听我问这个，她笑了："我听说它长得跟'景景'差不多大！不过没见过长啥样。大家都叫它'鸭子嘟拉'！"电话里，我听到一旁的父亲在说："没见过，我也没见过！"

我感觉自己就像做数学大题目没算出答案一样难过，于是又四处打听起来。一会儿打电话找研究生物的教授同学，一会儿又找儿时的玩伴，一会儿又上网搜索，大概我家先生已经习惯了我这种"锲而不舍"的执着，任由我不停忙活。

终于，在一系列的追问中，"鸭子嘟拉"的"面纱"逐渐被揭开，露出真实面目。

原来，蝉有很多品种，目前已知大约有三千种，其中我们这里最常见的就是三个品种。

每年最早出现的蝉名字叫"蟪蛄"，家乡土话称之为"景景"，大约在春末夏初出现，个头最小，声音尖细而且没有音调上的变化："叽——叽——"它爬得也不高，很容易抓住。

接着出现的就是黑蚱蝉，就是平时我们最常见的那种，个头大，嗓门高，爬得也高。它发出的声音是"吱——吱——"，声调比"景景"高，气息也长。平时我们吃的知了猴就是它的幼虫。

最后出现的就是"蚵蟟"，也是就我们常说的"鸭子嘟拉"。它的个头比"景景"大不了多少，但声音比黑蚱蝉还高，还是"多音部"，能够拐弯。它的身体带着绿色，平时爬得很高，很少有人能抓住它。

据说，它也叫"蒙古蝉"。我还没有找到相关的资料。为什么叫蒙古蝉呢？是从寒冷的北方蒙古来到中原地区的吗？由此，我又想起古诗中常用"寒蝉"来代表高洁。"寒蝉凄切，对长亭晚"，那绝对是一曲很哀婉的离歌。

但是，我们这里的"鸭子嘟拉"并不是很冷的时候才叫，相反，它越热越叫得厉害。据老人们讲，如果"鸭子嘟拉"连续叫上一百声，天气就能热死人。有个同学告诉我，他小时候还专门数，看看到底能够叫上一百声不。结果，从来没有到达过一百。我想象着一个小孩子默默坐在自家门口，默默地数着"鸭子嘟拉"的样子，一定很好玩。估计大人们看到了一定会从心底升起一个问号："这个小孩怎么啦？傻头傻脑的，真是可笑！"然后就又忙着做其他事去了。但是，小孩子是很认真的，他要验证一下老人们的说法呢！

是呢，小孩子的探索精神总是最旺的，这大概正是世界不断进步的原因吧。

但愿每个大人都愿意做小孩子，仍然保持一颗童真的心，不断探索世界的奥秘！

"驮钱驴"

寒风一起，堂屋里的床底下就会传来一种类似蝈蝈的叫声："吱，吱——吱——"

我们这些小孩子以为是田野里的蛐蛐、蝈蝈之类的跑进屋里来取暖了，并不在意。仿佛伴着它们的歌声，我们的睡眠就更香甜了呢。

一天，我打扫堂屋里的地面时，发现了几只发出这种声音的虫子，这才目睹它们的"芳容"：灰褐色的皮肤，小小的脑袋，大大的肚子，高高的后腿，最大的特点就是身子是弓起来的。哦，原来，它们并不是田野里的那种蟋蟀呀！

我便想捕几只，烧了吃。母亲连忙劝阻："可别动它们，这是'驮钱驴'！家里有它们是一种福气！"

我一听，便赶紧熄灭了捕杀它们的念头。原来，小小的虫儿也能带来好运呢！于是，夜里，伴着它们此起彼伏的歌声，我也似乎睡得更加香甜了。

一直到隆冬时节，有时还能见到它们的身影。从这个床腿跳到那个床腿，又从床底跳到堂屋的一角，成群结队，有大有小，俨然已在这个屋子里繁衍生息起来。

此时，它们大概早已过了"青春期"，当起了父母，不再整日高声唱歌了。

有时我会很好奇：这些小家伙到底是靠吃什么度过冬天的？蛐蛐、蝈蝈都吃草叶或者水果，这些"驮钱驴"在冬天能够吃什么呢？我去问母亲，她摇摇头，不知道。又去问父亲，他说，这些"驮钱驴"都爱墙角旮旯儿，肯定是吃潮虫的！我也觉得父亲的话很有道理。

再后来，读到《诗经·豳风·七月》中有这样的诗句："五月螽斯动股，六月莎鸡振羽，七月在野，八月在宇，九月在户，十月蟋蟀入我床下。"我才知道"螽斯"包括蚂蚱、蟋蟀等等昆虫，于是猜测小时候家里的那种"驮钱驴"就是《诗经》中所写的一种"螽斯"。

再后来，在《诗经·国风·周南》中，我又找到了与"螽斯"相关的诗句："螽斯羽，诜诜兮；宜尔子孙，振振兮。螽斯羽，薨薨兮；宜尔子孙，绳绳兮；螽斯羽，揖揖兮；宜尔子孙，蛰蛰兮。"

我不禁又联想起《甄嬛传》《如懿传》《延禧攻略》等宫廷剧中，皇宫都设有"螽斯门"的情节来，于是又仔细在百度上一搜，竟然发现紫禁城里真有"螽斯门"，关于末代皇帝溥仪的一些故事中还讲到少年的溥仪为了骑自行车方便，将皇宫里的很多门槛锯掉了，其中就包括"螽斯门"。

如此看来，在中国传统文化中，"螽斯"就是多子多孙的美好祝福！

但是，在农民看来，管它叫"驮钱驴"远比单纯的祝福繁衍后代更有号召力！毕竟，人生会经历很多阶段，尤其对那些尚不谙世事的小孩子而言，如何能够让他们不伤害这些小虫呢？最好用简洁直观又生动形象的比喻给他们讲道理。

我想，这大概是古人教育启示孩子们的一种很有效的方法呢！

秋风已起，不知道老家里的那些可爱的"驮钱驴"是否已准备钻入堂屋里的床下了？

梦中的老巷

不知什么原因，睡不着觉的时候，我便会去寻找一些画面，其中最熟悉的、出现在脑海中最多的画面就是儿时的老巷子。

老巷子，是一条非常窄的土巷。

它是南北方向的老巷，南通大汪，北连小巷。两侧都是泥坯的草房，泥坯的土墙，只在巷口西南角有两个猪圈。

最里侧那个猪圈是我们家的。猪圈是用乱石垒起的，还有一个小顶棚。顶棚里是大肥猪休息睡觉吃食的地方，干燥而干净。顶棚前侧则是一堆烂泥，凹于地面，这是肥猪拉屎拉尿的地方，也是它晒太阳的地方。顶棚里还有一个青石的猪食槽。猪圈旁，有一棵小孩胳膊粗细的洋槐树，一到暮春，就会开出白白的花儿来。

小时候，我经常用扁担一头挑着猪食，另一头挑着石头来这个猪圈里喂猪。我还经常给猪挠痒，给它抓虱子。这时，大肥猪会非常顺从地躺下，闭着眼睛很享受的样子。

紧挨着我家猪圈的这一家，是张老嬷嬷家。她家东南角有一盘石磨，石磨对过是做饭的锅屋。小时候，母亲经常带着我到她家里来推磨，磨面糊烙煎饼。

张老嬷嬷家北邻是我们本家的老奶奶。这个老奶奶年纪很大了，她的家是一排三间草房，没有院墙。小时候，我们常在这些草屋前的空地上跳绳、丢沙包。它的北邻也是一片空地，空地中间长了一棵弯弯的枣树，枣树旁有一个高高的石头垛。石头垛的北侧是福芹家。我小时候喜欢和她一起玩，虽然偶尔也吵架，但还是要好的时候多。

福芹家的北邻是老戚家。老戚家门口有一株棟枣树，一到夏天，满树都是淡紫色的花，有浓浓的香味儿。秋天，碧绿的棟枣挂在枝头，一直挂到冬天，变成了淡黄色，也不掉落下来。直到第二年春天，紫花又开了，这些枣儿才开始坠落。但是还有一些仍然挂在枝头随风摇曳。甚至，青枣儿又结出来了，有些老果儿还抱在枝头不肯离去。我们这些小孩子常在树下捡一些圆圆的棟枣当作玻璃球，在地上弹来弹去，玩游戏。

老戚家北邻姓孟，我管他叫四爷爷，他家有四个儿子。老孟家北侧就是一条东西方向的小巷子，沿着这条巷子，一直往西走，就能到我们小学时的校堂！

再回到老巷子南头。

猪圈对面的这家，是我们本家的一个大奶奶，她有一个儿子常年在宁夏，很少回家。每到春节的时候，我们去她家拜年，她便会端出很多从没有见过的点心果子来，又塞到我们这些小孩子的新衣服兜里。

大奶奶家的北邻，就是我家的院子了。

我们家的院子比较大，住的是大伯和我家两家人。

我们家院子里有一棵合欢树、两棵洋槐树，东南角还有一棵杏树。最先开花的便是那棵热热闹闹的杏树了，紧接着是洋槐树，再接着才是花朵像粉红色小伞一样的合欢树。我们当地管它叫绒花树。因为它的花像小伞一样毛茸茸的，还带着淡淡的清香。

我们家北侧依次是四奶奶、大奶奶、老孙家。

老孙家有六个女儿、一个儿子。最小的一个女儿，我们管她叫六姑，她和我是小学同学，也是我们班里学习最好的女同学。若干年后，六姑的姐姐也就是曾经的五姑，嫁给了我的亲三舅，成了我的三舅妈。

我在这个老巷里大概住了有七八年，父亲在庄东头盖了新房子，我家便搬走了。

老巷如今早已面目全非，原先的草房土墙全然不见，早已被林立的两层小楼和大平房取而代之。

但是这条老巷，我还是常常会在梦里回去，挨家挨户转一遍，似乎那些草房，那些土墙，那一草一木，还有那些人，永远都是那个样子。

老院子

七八岁之前我住在村西头的老巷子里，这条巷子是南北向，路是土路，因为常年走独轮车，巷子最中间的地方是往下凹的，形成了一条水沟。夏天雨水多的时候，水便沿着这条水沟，一直流到巷子前面的大汪里。

我们家的老院子就在老巷子东侧南面第二家。

这个院子是爷爷给他的长子和次子两家盖的一溜土坯稻草房。总共是七间房子，东边三间，西边三间，中间一间是锅屋。东边这三间是我们家的，西边的三间是大伯家的。两家共用一个院子，共走一个大门。

因为门是西门，所以我们家出入时必须经过大伯家。

大伯在那段时间想通过养猪致富，他把猪养在院子里，却缺乏养猪知识，以至于猪生病了，到处吐血，他也不懂得照料。

干过赤脚医生的父亲，决心到东面菜园选一块宅基地，重新盖一套房子。一年后房子完工，我们家便从这个院子搬走了，把整个院子都留给了大伯家。

可以说这是我父亲要求独立的一种表现吧。

但在我儿时的记忆里，更多的是欢乐。

我记得这个老院里，有一棵高大的合欢树、两棵老槐树，东北角还有一棵杏树。从春天起，东北角的杏花，便让这个小院生机勃勃起来。直到现在我还记得粉红色的花骨朵搭在黑褐色的草房顶上的景致呢！春夏之交，树上便会有一嘟噜一嘟噜的白色的槐花，金黄色的小蜜蜂便会嗡嗡嗡地绕着它们飞来飞去；自盛夏一直到秋末，那株老合欢树上一朵朵粉红色的小伞散发出的香气到现在好像都能闻得到呢。

这个老院子里，承载了很多童年记忆。那时大弟弟体弱多病，小弟弟身体也不是特别好。唯有我像个假小子似的，爬树上墙，身体素质一直不错。

当然也有一次，我爬木头堆，被滚落下来的"棒"（就是盖屋时的栋梁）砸中了腿。

我腿被砸伤那次，有半个多月不能出门，父母就把我留在家里，结果他们回家一看，很多小朋友都围着我，听我讲故事呢。

看来我从小就有讲故事的本领哟！

这条巷子西侧最南面，是并排两个猪圈。

我记得这个猪圈是面向东的，猪圈后面有一个简易厕所，厕所里还有一棵手腕粗细的槐花树。

后来我们家搬到村东头之后，我还经常从庄东头挑着猪食到这个猪圈来喂猪。

小巷子里还有一棵枣树，那是二奶奶家的。再往北，也是西侧，老戚家门口有一棵栋枣树。

在这两棵树中间住着一家姓孟的，那家的姑娘叫福芹，比我小一岁，我们俩常在一起玩。也不知道她后来嫁到哪里去了，等过几天我母亲来兰山照看小孙女时，我再问一问她。

老院子哦，满满的童年回忆。

第四辑　草木情深

头刀韭

油菜花抽薹打苞，还未开放的时候，地里的韭菜已经翠绿成行了。眼瞅着能吃上头刀韭菜了，小孩子们乐不可支地蹦来跳去，等着这一美味上桌。

头茬韭菜，又称头刀韭，又肥又嫩，鲜香十足。它的最大特点就是叶梢儿是尖尖的，韭菜根儿还带点红色。

因为此时沂河两岸的气温不高，韭菜长得比较慢，所以叶子肥肥的，宽宽的，嫩嫩的，没有多少纤维，味道又不是很辣，卷上煎饼生吃也可以，切成碎末，拌上豆腐或者虾皮鸡蛋，包饺子或者贴锅贴，味道都是极好的。

就拿贴韭菜合子来说吧。切好韭菜，掺上点粉条，再放上虾皮鸡蛋末儿，撒点细盐，淋些花生油，用筷子搅拌均匀，韭菜馅儿便调好了。擀好面皮儿，将和好的韭菜馅儿放在面皮上，捏好边，韭菜合子便做好了。

放在煎锅里双面煎至金黄，美味便大功告成。

外酥里嫩，香喷喷，鲜美至极！

但是，我总觉得它的味道还是比不上小时候吃的塌煎饼。

那时候，母亲三四十岁，她用蓝布头巾包着头，蹲坐在锅屋里的热鏊子前，先烙好一张煎饼，然后将拌好的韭菜粉条豆腐馅摊在新烙好的另一张煎饼上，用先前的那张煎饼盖上韭菜馅儿，然后再慢慢翻过来，折叠好，煎饼已经变得又香又酥，而里面的馅儿热气升腾，鲜香扑鼻。

再把塌煎饼放在案板上，均匀切成几块，我们姐弟几个大吃起来。

母亲仍然坐在炊烟四逸的鳌子窝里，乐呵呵地看着我们几个狼吞虎咽的样子，又低头去吹燃鳌子底下的柴火。

燕子穿过天空，飞进锅屋里那个搭建了一半的巢穴，叽叽啾啾一番，飞走了……

菜畦里，头刀韭割完不久，绿绿的新韭菜很快就会像头发一样长出来。小燕子从鸟巢里孵出来，张开翅膀飞走了，第二年它们还会飞回来。

我们的童年还能再回来吗？

羊角葱

春日和煦，沂河岸边的土地变得又松又软。那些冬天隐藏在土壤中的葱根焕发出勃勃生机，锋利的"绿箭"尖儿钻出地面。

随着这些"绿箭"的长大，新叶越来越像羊角，所以农人们又形象地叫它"羊角葱"。

从松软的土壤里将羊角葱连根拔出来，剥去黄皮，白白嫩嫩的，带着土壤的芬芳，带着冬天的问候，带着春天的喜悦。

用水洗净，抡在煎饼里，再卷上熟咸菜，撒上芝麻盐，甭提有多美味了！

当然，还可以将羊角葱切碎，放入切好的豆腐，淋上点香油，撒上点细盐。这就是"小葱拌豆腐"啦！嘿嘿，一青（清）二白！

据说，这个季节的羊角葱，不仅仅是一种菜，还算得上特殊的补品呢。尤其是那些贫血、低血压、怕冷的人，应多吃羊角葱，有助于增强体能，提高抵抗力呢。

这是大棚蔬菜不具有的特殊魅力，也是大自然的馈赠。

当然，大自然并不是一直都很慷慨。它教育我们学会珍惜的方法就是让人明白时间的魔力。

不过几天，羊角葱便迅速长高，抽薹长出花苞来。

此时的羊角葱，根部已经不再水嫩，而是变得又柴又硬。倒是这个顶着大泡泡的花苞，对孩子们来说有着天然的乐趣。

折下葱管，用细竹枝钻一个眼儿打通葱管与泡泡的"芥蒂"，一吹一吸，这便是大自然赐予人们的气球啦！

此时的葱叶儿也没有那么嫩，不过它对孩子们来说仍然有无穷乐趣。

正是不那么嫩了，所以葱叶变得有韧性起来。将两端截去，形成管状，将其中一头轻轻咬一咬，试着吹一吹，"嘟——嘟嘟——"，憨厚淳朴的葱哨声音在空旷的田野中传开去。这与沂河岸边传来的柳笛，一高一低，相互呼应。

沂河岸边，那些柳树正对着河水轻轻摇动秀发。水底，成群的"沙里趴"，听到这些哨音游得更欢了。

这些鱼儿长不大，永远就是那么活泼可爱，自由自在，就像葱哨声中不老的童话。

童年的地瓜

我们这里管红薯叫"地瓜"。

地瓜特别好养活，一点儿也不娇气，长得快，产量高，又好储存，所以在我小时候是特别常见的作物。这样一来，它显得"傻乎乎"的，以至于人们评价某个小孩子不机灵，就说他是个"地瓜蛋"。

其实，地瓜虽然有点"傻"，却傻得可爱！不管是你过穷日子，还是富裕生活，它都不会离开你！

地瓜有春地瓜和秋地瓜之分，前者是春天栽夏天收，后者是夏天栽秋天收。

春天一到，地瓜蛋蛋的小凹坑里就鼓起芽芽来了。人们将这些已经发芽的地瓜小心地用刀切成小块，保证每块上面都留有完整的芽芽。将这些带着芽芽的地瓜块埋到菜畦里，这些芽就慢慢长大了，长成了一株株苗苗，又长成了地瓜秧。再将这些长大的地瓜秧掰断，压到用铁锨培起的土埂上，浇上水，不几天，它们就开始生根分枝，又各自长出长长的藤蔓来了。

这些地瓜秧是匍匐生长的，每长出一个关节，它就会又生出细根来紧紧抓住土壤，以获取其中的营养。这一点和"抓秧子草"、南瓜秧很相像。有了这一功能，它们的藤蔓就可以长得很长很长，有时能够长到两三米呢。可是，为了防止它"精力分散"，人们便会常常给它"活一活"，就是防止它随便扎根。要不然，它扎根的地方又会长出小地瓜来，而主根上结的地瓜蛋儿就得不到营养了。因为地瓜是成沟栽的，人们常常会将它的秧蔓从这一沟翻到另一沟里，这样它就没法乱扎根啦。到了八月份左右，快准备起地瓜了，顶部鲜嫩的地瓜秧就会被人们用镰刀割下来喂猪。

地瓜秧在以前那可是喂猪的好食材。它既鲜又嫩，营养丰富还不带刺！我们常常将割下来的地瓜秧用菜刀切得细细的，再拌上麦麸、玉米粉，猪最喜欢吃了。

那时，我还喜欢用地瓜叶给自己做"翡翠耳坠"。方法就是将一根新鲜的地瓜叶连梗儿一起掰下来，左一下右一下，轻轻将那根梗掰成两根"翡翠"串儿，再将底部的叶子掐小些，活像一片小小的银杏叶。将"翡翠耳坠"往左右耳朵上各挂一根，凉凉的感觉油然而生，仿佛自己瞬间就变成了"富家小姐"！

现在的地瓜秧成了城里的"稀罕物"，其吃法与空心菜很相仿。出现在餐桌上，很多人都把它误认为是空心菜。其实，它比空心菜更滑溜，而且是实心的，口感丝毫也不比那些高级菜逊色！

秋地瓜一直到下了霜，才会停止生长。这时，我们便可以刨地瓜啦！

此时，地瓜叶子有的已经被霜打成了褐色，原先茂盛的"秀发"好像谢了顶一般。那些肥硕的大地瓜已经把地面拱开，露出红色的"头皮"来了。

人们用力地将一窝地瓜连根拔起，往往也能顺势带出几个地瓜蛋来。但是，绝大多数的地瓜还是深深藏在土壤里的，需要人们用铁锨、镢头之类的工具把土翻开才能觅到它们的真面目。有时，一些肥肥嫩嫩的"土蚕"也会被发掘出来。我们这些小孩子就会将它们装进玻璃罐头瓶里，这可是给下蛋的母鸡们的美味哟！

当然，我更乐意的是在这些地瓜中寻找那些又细又小，但是带着紫心的地瓜。这种地瓜，无论是生吃，还是放在锅里煮，抑或是放在锅底烧，它的味道都是特别甜的。但是，这种地瓜并不是现在常吃的那种紫薯。它的皮和普通的地瓜并无两样，只是长得瘦小些，瓜瓤带着一些紫色而已。

现在人们都爱吃烤红薯，可是，在以前，很多人听到吃地瓜就会觉得胃里漾酸水。是的，在那个物资匮乏的年代，地瓜就是每天每顿饭都少不了的主食，人们怎么会忘记它们带来的伤害呢！是的，很多人因为长期食用地瓜患有严重的胃病！

但是，那个时代里，为了吃饱肚子，人们总会想方设法保存地瓜，要么保鲜，要么就做成瓜干！

瓜干是将地瓜用一种"锼子"分成薄片晾干做成的。"锼"地瓜是有学问的，因为需要用整个手掌用力将地瓜按在锼子上，前后移动，锋利的刀片一不小心就会伤到手。大人们已经有足够的经验了，我们小孩子可不行。所以，为了防止手掌被伤到，我往往会用一根木棍戳着最厚的地瓜薄片"锼"它，这往往引来大人们的哈哈大笑。

我们这个小村庄紧靠着沂河，所以村西头那片光洁的沙滩是我们晒瓜干的好去处。

此时，秋高气爽，沂河水早已褪去夏日的"狰狞"，变得清澈而温柔，就像一个小姑娘。夜晚，它那软软的沙滩上还保存着白天的热量，好像是专门为晾晒瓜干做准备似的。

通常，我们傍晚时分将一车地瓜拉到这个沙滩上来"锼"。

刚"锼"出的瓜干是鲜的，就和刚切好的土豆片差不多，我们需要挎着篮子将它们运到更远的沙地上。夕阳将我们的影子拉得很长很长，我们的小脚丫子陷进沙子里，一串串的脚印就会留在身后。每当想起这个场景，我就会想起那首老歌《外婆的澎湖湾》："也是黄昏的沙滩上，有着脚印两对半……"

但是，在下露水之前，地瓜干是必须拾起来的，要不然，就会烂掉。

于是，我们常常在月光下拾地瓜干。此时已是深秋，夜里的空气已经变得很冷，有时我们这些小孩子不得不穿上袄来御寒。有时正是月黑之夜，我们只能摸着黑干活。那时候，家家都有一个手电筒。把手电筒放在远处的地上打开，就成了照亮沙滩的夜灯。小孩子们已经很困了，但是因为活没干完，只得闭着眼睛乱摸。有一次，我一下子摸到了一个凉凉的软乎乎的东西，当时就吓醒了，手一扬将它扔了出去。结果，它又高高跳起来跑远了！原来是一只小青蛙！

冬天在即，人们想出了一个好办法对地瓜进行保鲜：挖地窖。在地下两米左右深处挖出一个又细又深的坑，并将坑的底部扩大，就成了地窖。地窖里的温度会始终保持在四度左右，正适合保存地瓜。

小时候，到地窖里拿地瓜对孩子们来说就是一次小小的"探险"。大人们用绳子拴住孩子的腰部，一点点往下送进地窖里，然后再用绳子将篮子也送下来。孩子把地瓜装进篮子，大人将篮子提上地面，再让孩子把绳子捆在腰上，由大人提上地面来。

冬天，冰雪覆盖了大地。家家户户生起了炉火。那时候的炉子是父亲用黄泥自己做的土炉。这时，就可以将地瓜放在上面烤一烤，烤得面面的、甜甜的，香香的味道快要让孩子们流下口水来啦！

儿时的麦田

"白露早，寒露迟，秋分种麦正当时。"秋天的原野里，玉米大豆早已收割完毕，地瓜花生也已经进入农家院里，大地的华装已褪去，露出黑褐色的胸膛来了。

拖拉机拉着犁铧将土壤深翻过后，又换上闪亮的耙齿，将那些土块耙匀。土壤就重新变得又松又软了。

慢慢地，蹦来跳去的蚂蚱、蟋蟀们都不见了，它们逃到哪里去了？夜里秋虫的鸣叫声此起彼伏，睡觉也慢慢不再需要风扇了。相反，半夜里，孩子们就总想找条毯子盖盖，听到蛐蛐的歌声，便暗自思忖："它们都随着粮食一起住进小院里了！"听，床底下还藏着一只呢！

天刚亮，三五成群的农户们就带上麦种，拉起耧子开始种麦子了。饱满的麦种一粒粒从耧子两腿上的小洞漏进土壤里，随之又被新鲜潮湿的浅土覆盖住了。大地被划出整齐的道道，就好像刚刚被梳理好的头发。

一周左右，翠绿的小麦苗就从这些道道的底部钻了出来。它们是那样嫩那样细弱，针一样的叶尖上还带着晶莹的露珠呢。

渐渐地，麦苗叶儿越来越大，地面上就好像长出了新的头发。刚开始，这些头发还有些稀疏，慢慢地，它们变得稠密起来，叶也变得粗壮起来了。农民管这叫作"分蘖"。

此时，湛蓝的天空又高又远，偶有几朵棉花团一样的白云浮在空中。远处人字形的大雁飞得越来越近，"嘎嘎"地飞过头顶向南方飞走了。

不久，霜降时节来临，麦苗叶尖上的露珠变成了白色的霜雪。麦苗也由翠绿慢慢变成深绿色。此时，广袤的大地上到处被这些深绿覆盖着。偶尔会见到野兔从远处疾驰而过，苍鹰在高空盘旋着忽然一个俯冲又猛然扶摇而上，向远处飞走了。还可以看见，那只灰褐色的野兔正在老鹰的利爪间挣扎着。

家里养育的小兔子们开始吃干草了，偶尔，也会打点牙祭，往往是菜园里的白菜萝卜被收获时扔下的菜帮或萝卜缨。当然，有些小孩子也可能在路过麦田时薅上一把麦苗给它尝。但是，倘若被父母发现了，一定少不得挨上一顿批评。

转眼，寒风呼呼刮来了，雪花飞舞起来了。

麦田里仍然是一片养眼的绿色。哦，麦子是不怕冷的。雪越大，农人们越乐呵："今年麦盖三层被，明年枕着馒头睡！"

大雪覆盖了田野，麦苗静静藏在雪被之下，等待着春天的来临。

春节过后，天气转暖，冰雪融化，被冻了一个冬天的麦苗叶子有些发黄了。但是，仔细翻开麦苗，就会发现那些荠菜、婆婆蒿、剪子股、猫子眼、蛇蛇苗不知什么时候都已经长大了。只不过。它们的颜色还有点发红，估计也是被冰雪冻伤的缘故吧。

三月里，风儿柔和起来，天上飞起了各色的风筝。此时，麦苗也已返青，尚未拔节，偶尔被孩子们踩歪，仍然可以再站立起来。孩子们在麦地里追逐着尽情疯玩。

清明前后，麦田里还会生出一群"瞎撞子"来。于是，傍晚时分，孩子们三五成群地从家里取来废旧轮胎的大皮，点上火，在角落里搜寻着那些金黄色的小甲虫。有时能够捉住一大盘子呢。第二天，母亲用猪油煎黄再撒上细盐，它们就变得又香又脆，卷进煎饼里一咬，甭提多好吃啦！

随着天气越来越暖和，再下上几场春雨，麦苗便飞快地长高，开始拔节，又接着抽穗了。

麦穗儿起初是被包裹在绿色的皮里的，慢慢地，它探出头来，带着细软的绿色麦芒。随着长高，麦穗上的麦芒也变得越来越硬。

此时，正是仲春时节，到处都是美丽绚烂的花朵，有粉红的，有鹅黄的，还有浅紫的，小麦也开始扬花了。它的花小小的，是很浅很浅的淡黄色，而且就附着在绿色的麦穗上，没有人注意到它，它的花期只有两三天。不需要蜜蜂盘旋，也不用蝴蝶翩翩，只要轻轻的微风吹过，它就能完成授粉的使命。

小满时节，麦穗儿开始饱满起来，颜色也变得更有光泽。此时，麦田里，那些开着紫色花穗的"苕子"沿着麦秆攀爬。我们这些小孩子绝不会留着它们结出果荚，将它们扯断，再把它们拧成粗粗的绳索，编成花环戴在头上，就可以"臭美"一番了！偶尔，也可以看到开着紫花或白花的豌豆，我们就会故意把它留下来，等上几天，它的花儿谢了，就结出豌豆荚来。翠绿的豌豆荚里那些滚圆的豆豆可绝对是美味呢！

天气渐渐热了起来，麦田开始由翠绿向金黄渐变。我们小孩子们知道，另一种美味等着我们啦！于是，我们将那些刚刚透出点儿黄色的麦穗揪下来，放在土锅的火苗上燎一燎，麦芒就变黑了，麦壳也变黑了，但是翠绿的麦粒被烧熟了。我们将这些燎过的麦穗放在手心里搓一搓，然后将那些麦壳吹走，香喷喷的麦粒就可以吃啦！

芒种时节，天气特别燥热。麦田变成了金色的大海，风儿吹过，金色的波浪便翻滚起来。农民们已经在磨石旁边磨镰刀了，崭新的斗笠和草帽也已经买来了，母亲前些日子用粗盐腌制的鸡蛋、鸭蛋也已经有咸味了。

选一个晴好的日子，全家人拉着地板车向麦田出发。

金色的麦田里，父母弯腰收割着麦子，小孩子们忙着捡拾掉落在田间的麦穗，不远处传来布谷鸟的声音："布谷，布谷，快快布谷！"

待"麦个子"晒干后，那些用碌碡碾压好的麦场就成了农民们的

"战场"。

平坦的麦场里，父亲拉着碌碡在晒干的麦秸上一圈又一圈地碾压着，母亲则不停用木叉翻动着麦秸。待麦秸变成柔软的麦穰，麦粒与麦壳也就一起沉在下面了。

母亲用木叉将用那些麦穰挑走，父亲便开始用木锨"扬场"。这可是一个技术活。这需要对风的方向和力度有精确的感知，然后才能决定木锨铲扬起的高度和速度。随着风儿将轻轻的麦壳吹走，金黄的麦粒就堆起来了。母亲忙着用干瓢将那些粮食�进洗净的碳酸氢铵化肥袋子里。父亲和我开始把麦穰堆成高高的麦垛了！我们的主要工作就是在顶部踩踏，把那些松软的麦穰压结实！这可成了我们欢蹦乱跳的好时光！

麦田里，麦茬儿像被剃过头一样立在田里，我们这些小孩子已经挎着篮子开始准备拔麦茬啦！这些也是烧火用的好柴火呢！

蚂蚱们见我们来了，便飞快地逃开。我们则目不转睛地盯着它们的去向，然后猫着腰蹑手蹑脚地向它们靠近，猛然一扑，一只肥硕的"蹬倒山"就落入手中了！

用狗尾巴草将这些蚂蚱一个个串起来，放在火上一燎，美味又有了！

麦田，儿时的麦田啊，到处都有乐趣！

马缨

在我们这里，马缨就是玉米，分为春马缨和秋马缨。

春马缨，是谷雨前后播种，伏天里就可以收获的；而秋马缨则是麦子收割后，在麦茬地里种上，中秋前后收割的。

小时候，为了节约土地，我们家种的就是秋马缨。这样一来，正好一年可以种两茬作物。

秋分时节种的小麦，次年芒种时节收割后就点上马缨，马缨收割后，再种上小麦！如此，循环不止，生生不息！

总之，地，是不能闲着的！

点种马缨，也是很费人力的事，通常需要两个人配合完成：一个人用铁锨的一个角挖小坑，另一个人手里拿着马缨种往小坑里点，然后用脚将刚才挖出的土推回坑里填上（我们这里管这个动作叫作"驱"）。如果天旱，土壤里水分太少，会影响马缨的出芽率，这个时候就需要往坑里倒些水，待水吸得差不多了，再往里点马缨。

那时，这些水都是从井里或附近的沟里挑来的。

芒种时节，雨季尚未来临，土壤多数情况下是干的，所以，挑水基本就是必不可少的项目。

记得我读初中那会儿，有一年，特别旱，土壤几乎结成了硬疙瘩。好不容易才能挖出个坑来，还得到很远的地方挑水。一个坑得倒两次水才敢放心地点上马缨。要不然，马缨基本就不会发芽。

看母亲挑累了，我便也试着挑几担。以前，我倒常挑着猪食去喂猪，但是，那可比这个轻一半呢。

刚开始，我还把两个桶里的水打得满满的，后来，肩膀被磨得太疼了。母亲便教我打大半桶，这才算轻快了些。因为知道水的来之不易，所以每次往小坑里倒水时，我都弯着腰，小心翼翼，唯恐把它洒到坑外，造成浪费。母亲还夸我懂事呢。

一集左右（我们这里管五天叫一集），马缨就出土了。粗壮的芽儿就像织毛衣用的粗竹针一样有力。不几天，它们就长出细长的叶子来，风儿一吹，左右摇摆，十分可爱。

可是，总有一些小坑不见动静，我们就赶紧进行补种。要不然，太晚了，补种的就长不大了，因为周围的马缨长大了，就把它的阳光给遮住了（我们当地管这叫"歇"）。

马缨的叶子越长越多，也越来越肥大。待它长得跟膝盖差不多高时，我们就又有一项工作要做了。这就是追化肥。

用的化肥是碳酸氢铵。这种化肥很细，很白，每袋一百斤。我们先用地板车装上几袋碳酸氢铵，带上铁锹就向东湖的马缨地出发了。

到了地头，先把化肥倒进篓子里，一个人用铁锹的角在每两棵马缨之间挖一个坑，另一个挎着篓子的人从里面抓一把化肥放进这个坑里，然后那个挖坑的人把刚才挖起的土再填上，挎篓子的人在后面用脚给踩结实。

追了化肥，马缨就长得又绿又肥又快。不过半个月，它们就能长到一人高，有的就在顶上竖起"天线"（雄花），并在腰部鼓起一个带着"胡须"的包来。

有的"胡须"是白的，有的"胡须"是粉红色的。风一吹，"天线"上便会落下一些小花来，有的就落在这些胡须上了。

慢慢地，这些"胡须"枯萎了，就成了深褐色，而那个绿色的包包则越来越鼓，有的居然笑得露出了"牙齿"。

用指甲掐一掐这些"牙齿"，如果还出水，那就证明还没熟。此时，掰下来，剥去那绿色的皮，再揪除它的"胡须"，放在锅里煮熟，又鲜又香！

如今，鲜马缨已经成了城里人人爱吃的美食了。可我们那时可舍不得吃，只有到最后收割时发现有三五个还没有成熟，我们才有机会吃上煮的鲜马缨。

等到这些苞上的皮变成白色，里面的那些"牙齿"就已经全部变成了金黄色，当然，偶尔也会是白色的，还有的是杂色的，白、黄、紫都有。

中秋节前后，我们就得掰马缨了。再次拉上地板车，带上镰刀，我们又向东湖的马缨地出发了。

此时，秋高气爽，空气中弥漫着丰收的甜丝丝味道，耳旁还不停传来蛐蛐的叫声。

先用镰刀将马缨秸砍倒，再从上面掰下马缨棒子。这时，走路要特别小心，因为那些留在地面上的茬儿特别锋利，一不小心就会把脚割破，鲜血直流！

避开这些危险，我们这些小孩子可不会让嘴巴闲着。这时，我们要在这些马缨秸中寻找"甘蔗"啦。

先将马缨秸上的叶子扯掉，只留下光溜溜的绿杆儿，它也是一个骨节一个骨节的，很像甘蔗。然后用牙齿轻轻咬住外皮往外撕，慢慢地，那一圈硬皮就去掉了，剩下的白色的芯咬下一口，嚼一嚼，汁儿也甜丝丝的，虽然没有甘蔗那么醇，却也让我们体味到了那独特的清淡甜味，到现在依然留在脑海中呢！

运到家中的马缨棒子需要去除外皮。将那几层或白或绿的苞皮剥开，连同那些褐色的"胡须"也一起扯下来，整齐的黄色"大牙"便露了出来。有时，不用将皮全部掰下来，而是留下一小部分当作"小尾巴"，然后两两系在一起，就可以挂在树枝、木钉等上面晾晒了。

晒上一个秋天，冬天就可以搓马缨了。先将一个马缨棒子在"穿子"上用力一推，一行马缨粒儿就掉下来了，隔两三个马缨粒再"穿"一行，如是，马缨棒子就如同被镂空了一般，我们用手搓起来就非常容易了。

被搓完的马缨棒子，我们叫它马缨穰子，有白芯的，也有红芯的，它可是冬天烧锅做饭的好柴火呢！

不过，在我们眼里，它们也是一种玩具。"盖高楼"，左一根，右一根，上一根下一根，不停往上垒，可以垒上十几层呢。每个小孩子面前都堆起一座塔状的"高楼"来，比一比谁的更高，谁的更稳。这就是那个年代孩子们的"积木"呢！

马缨的秸晒干后，也是很好的柴火，就连地里那些根刨下来，晒干后也是可以烧锅的。

记得小时候，我们经常在秋冬翻地时，拿着"钊子"，逐一敲掉马缨根上的泥疙瘩，新的柴火就又出来了！

以前，马缨是我们小时候的主食，喝稀饭、蒸馒头、烙煎饼，都是它打头阵，掺上一些小麦面粉而已。要是能够吃上全麦的，那就是富裕人家了。

可是现在呢？家家户户都以小麦为主食，玉米倒成了让人稀罕的"粗粮"！

马缨，这个曾经很熟悉的称呼，也会随着时代而变得稀罕而陌生么？

荠菜

春风一吹，大地便解了冻，沂河水哗哗地流动起来。

田野开始换装。原来的枯黄与灰暗，逐渐被绿色取代。人们的眼睛开始搜索那些能够让舌尖享受的春天美味。

农历二月刚出头，沂河两岸，荠麦青青。

此时，野菜野草们听到春姑娘的号令，已经开始由匍匐变为站立姿态了。我们挎上小篮子，带着小铲子，在春风里徜徉，在田野里找寻舌尖上的美味。

路旁沟边，七七芽才冒头，猫儿眼正由红变绿，雀肠草也越来越肥，婆婆蒿就要长出花秆了……这些野草味道很苦，不能做菜。春天美味的第一个主角便是荠菜。

此时荠菜也刚刚"秀"出了花苞，不可再等了，不过两三天，荠菜便会抽出花薹，嫩叶随之变老，硬如柴草，无法再食用。

每到荠菜肥美之时，我也总喜欢带着孩子们到田里去"寻宝"。因为此时，正在春风荡漾之时，让孩子们到大自然中寻找这些绿色的有机野菜，也给他们一个亲近大自然的机会。活动一下身体，放松一下心情，那是多么美好的事情！

有一年，我和邻居两家还专门一起回了老家一趟。邻居小苏和我一样热爱大自然，看着两家的孩子们一起在麦田里、河滩边尽情地奔跑、玩耍，我们也感觉仿佛又回到了小时候！小苏是半个城里人，她分不清婆婆蒿和荠菜。此时，我儿时学得的那些知识派上了用场，便觉得十分得意："婆婆蒿的叶子从叶柄到叶尖都差不多细小，而荠菜的叶片的顶尖处的那个叶子是比其他叶子大一些的。还有，就是它们俩的颜色不一样！你看，婆婆蒿的绿色更浅一些，而且更均匀没有变化，而荠菜的叶子里是有一些暗红色的，它的颜色是有变化的……"我一气说了这么多，小苏几乎用崇拜的眼光看着我呢！我则继续传授着自己的心得："你还可以尝一下它们的叶子，婆婆蒿的叶子是苦的，而荠菜带有一股甜味！"

回家的路上，小苏一家对我小时候的生活羡慕不已：多么宽阔的田野，多么美丽的麦田，多么美味的荠菜！

一抬头，我又看见春风吹拂的麦田里，孩子们正追逐着风筝嬉笑玩耍。如此看来，我们也正是孩子们童年的背景呢！

我想，其实每个人心里都有一个童年，每个人心里都长着一片麦田，麦田里总会有些可以食用的荠菜，期待着我们去辨识去采摘！

就让我们将荠菜连根铲起，带回家中，用水洗净，再用菜刀将根切去，将肥嫩鲜亮的叶子细细切碎，撒上细盐，腌五分钟后，揉去水分，然后再打上鸡蛋，撒上少许面粉，搅匀成糊状，再均匀摊在电饼铛里，两面煎至金黄色。

鲜香的荠菜鸡蛋饼就出炉啦！

野草莓

小时候，没有塑料大棚，货物运输也十分落后，草莓对我们来说简直就是"天外之物"，长到十多岁都没有吃过。

但是，村里沟旁道边也有一种能够结出红红莓果的植物，我们叫它"野草莓"。它的果子比集市上卖的草莓小得多，但是颜色和味道差不多。

于是我们这些小馋猫就会静静等待着这些"野草莓"成熟。

初夏，黄色的小花开罢，它就会结出青绿色的小果果来。这些小果果也有像草莓一样的"麻子"脸！"麻子脸"会慢慢变大，变白，待"麻坑"里的小籽儿变得又白又亮，它的果肉也就变得红红的了。我们这些小孩子往往等不及它们全部变红，就将那些半白半红的莓果儿揪下来塞进嘴巴里大嚼特嚼，酸酸甜甜的味道还是十分诱人的！

后来，长大了，我真正见过草莓之后，才知道二者的差距有多么大。虽然它们长得十分相像，但是，野草莓永远也不可能像草莓那么水嫩多汁。这正如狗尾巴草永远也无法像谷子一样呢！人类数千年来的精心培植已经将一种生物的特性完全改变了！但是，草莓已和其他的作物一样，变得离不开人类了！

是的，很多作物和家禽家畜都是这样的。它们的基因在历经千万年的改良之后，已经和最初的形态完全不同了。

就像鹅，它再也无法像大雁那样展翅南飞了！

但是，野草莓在自然界中的生存并不依赖人类，它至今依然保持着勃勃生机，这不能不说是大自然的造化！

这就像孩子们的好奇心一样，尽管被家长千方百计地"驯化""教育"成大人的世界里希望的那样，但是每个刚刚呱呱坠地的小孩子都怀着探索世界的好奇心。而且，这种好奇心并非依赖家长才会拥有，而是与生俱来的，不以家长的思想和意志为转移！

大概像野草莓一样自然而然拥有旺盛的好奇心，正是人类不断探索世界、不断推动社会进步和发展的智慧根本吧！

作为两个宝宝的妈妈，我更加关心和关注孩子教育的方法。是顺其自然，还是因势利导？是因材施教，还是精雕细琢？

看，田间地头，那些缀满红色小浆果的野草莓仍然在微风中舞动着绿叶，仿佛在昭示什么，又仿佛在说："我，就是我，不需特别关照，亦不用专门看护，我有自己的天地，我亦有不息的生命力！"

有一天，我带着三四岁的二宝回老家，看到菜畦旁又有一株蓬勃生长的野草莓，它绿叶间时隐时现的红色莓果再次吸引我驻足。二宝也蹲下来察看："妈妈，是小草莓！"他不禁伸手摘了一颗放在嘴里品尝了一番，还赞不绝口："好吃，好吃！"

我原本认为现在的孩子们物质生活丰富，不会去理会那些瘦小的野草莓了呢！

哈哈，这便是永远不变的童心！

"姥姥瓢"

"姥姥瓢",一听到它的名字,我就会想起小时候的很多乐趣。

麦子才收过,它那长长的绿蔓儿就悄悄从杂草丛中探出头,羊角锤一样的绿叶子列在细细的蔓儿两侧,有时会有好几股同时绕在一起,然后又分出几枝嫩头来,各自缠在玉米秸或是蓖麻秧上。明明前几天才用锄头除过草来着,不几天,它们又争先恐后地攀上来了。

秋风一吹,这些绿蔓儿上就开出了一簇簇的淡紫色小花,再过几日,这些花谢了,就会结出一个个绿绿的小"羊角锤"来。慢慢地,它们变得鼓鼓囊囊、沉甸甸的了。

中秋前后,我们就可以把它们摘下来,然后用手把这些可爱的"羊角锤"剥开,里面白白嫩嫩的瓢儿就可以大嚼一顿了,软软的,甜丝丝的。

在二十世纪七十年代,这可以算得上是天然的"口香糖"啦!

不过,稍晚一些,这种又软又甜的味道就不见了,那些白白嫩嫩的瓢儿就变成了硬硬的种子,种子是长在白色的絮上的,外皮的颜色也逐渐变深,有的地方变成了深紫色。

深秋时节,树木的叶子都飘落下来,它的叶子也逐渐变黄凋零了。冬天到了,雪花飞舞起来了,"姥姥瓢"长长的藤蔓只剩下细细的藤条,但是那些小"羊角锤"却依旧挂在上面。

渐渐地,冰雪消融了,春回大地。"羊角锤"已然变成铁褐色的了。有的干脆裂开来,露出里面的絮穰来。春风吹来,种子就会带着白白的絮儿飞着离开，只剩下空空的"姥姥瓢"壳儿依然挂在那里。

这又不禁让我回想起三十年前的事来了。那时，我和弟弟、妹妹们最喜欢待在姥姥家了。姥姥家有高挂着红灯笼的柿子树和笑裂嘴巴的石榴树，还有可以锯开来做水瓢、干瓢用的葫芦。

我们在那里尽情地嬉笑打闹，捉迷藏是我们最喜欢的游戏。藏在草垛后、磨道里、锅屋里，有时我们还会爬上姥姥家的阁楼。

说是阁楼，其实就是在屋子的西南角以房梁作为支撑，搭起的小隔间。这里一般储放的是怕返潮的瓜干之类的粮食，有架简易的木梯可以爬上去。这个小阁楼成了我们几个的"乐园"。

有一次，母亲来接我回家，我躲在小阁楼里不下来，对母亲讲："我不想回家！我就想住在姥姥家！"

可不是嘛，姥姥最疼我们啦！

还记得有一次，姥姥专门在做稀饭的锅里用纱布包住一些大米煮给我们吃。比我大五岁的小舅舅没有份，他很生气，抱怨姥姥偏疼我们。因为那个时候，能吃上大米可不是一般的待遇呢！

如今我们姐弟几个都在外地工作，一年到头难得几天聚在一起，更不用说再一起在姥姥家里欢聚了。姥姥也在七年前去世了。

哦，我们多么像一颗颗带着小小伞随风飘泊的"姥姥瓢"的种子啊。

可喜的是，如今我们已在更广阔的土地上生根开花！

七七菜

七七菜，又名萋萋菜，学名小蓟，是沂蒙山区常见的一种野草。

它，其貌不扬，还浑身是刺，很不招人喜欢，就是小兔子们也害怕它叶片上硬硬的刺。

于是，田地里，只要看到，农人们便毫不迟疑地将它们除掉。因为有刺，除它时也必须小心翼翼，要么得捏准根部用力往上一拔，要么就必须求助于铲子或锄头之类的铁器。

然而，春风一吹，它们深藏于地下的宿根便纷纷焕发出生命力来。仍旧是肥肥的叶子，依然一棵棵连成片，依旧簇拥在沟旁路边以及麦田，好像根本记不得人们给过的惩罚，仍然招着小手提醒着人们：这是绿意盎然的春天！

此时，它们的刺儿还是嫩嫩的，挎上柳筐竹篮，带上小铁铲，将它们剜下带回家里，用开水一焯，切碎放进烧开的豆浆里。很快，翠绿的渣豆腐便冒着热腾腾的香气出锅了。

不需别的，配上一小碟黑黑的熟咸菜，七七菜就变身纯正的美味了。

春末夏初，麦子熟了，田里一片金黄。那些原本陪着麦子一起成长的婆婆蒿、开紫花的苕子均已开花结果、变成了金灿灿的"黄脸婆"，与麦田浑然一体。带着镰刀的农人们弯着腰开始一垄垄地收割麦子了。

放眼望去，眼前的麦田是金黄色的，身后的麦茬是浅黄色的，一刀收回来，便有满满一小抱麦秸带着沉甸甸的麦穗温顺地躺在左手和镰刀之间。

偶尔，这金黄色之中会掺着一缕或几根翠绿，这便是已变得修长的七七菜了：长长的秸，绿绿的叶子，顶上带着几个紫色的花苞。

　　七七菜依然我行我素，不改旧脾气，刺儿反而变得更硬更尖。是的，它不随波逐流！天气炎热，它不怕；土壤干燥，它不嫌。在密密麻麻的麦秸中，它反倒自得其乐地开起花来啦？哼，一副惹人嫌的模样！农人们毫不留情地挥刀将它们割下来扔到一边，任由它们枯萎腐败。待种下的玉米长大，春天长出的七七菜早已成为肥料。

　　转眼秋天到了，高高的玉米们腰包鼓鼓的，粉红色的缨子变成了褐色的"胡须"，有的玉米实在乐不可支，露出了整齐的"大黄牙"。农人们便开始砍玉米了，蛐蛐、蝈蝈和蚂蚱一起蹦来跳去。一不小心，农人的手被带锯齿的玉米叶割破了，脚被锋利的玉米茬划伤了，血流了出来。

　　荒郊野外，医院诊所都太远，怎么办？好在伤得并不重，只不过一道小口子。于是，找寻七七菜成了要紧事！幸好虽几经砍伐，它们依然翠绿挺立，依旧茂盛如初！撸得几片叶子，放在手心里揉搓一番，迅速挤出些绿汁来涂在伤口上，血便止住了。此时，人们早就忘了那叶片上的刺了。

　　深秋，露水凝结成霜花，深翻过的土地袒露着黑黑的胸膛，七七菜们开始了"隐土"生涯。

　　放心，明年春天，七七菜们保准又会恢复熠熠神采，开始下一个轮回。

"张大罗"

我们这里有一种野草，叫"张大罗"。

它长得和香附十分像，一样的叶子，一样的花，一样的绿莛儿。

这种绿莛儿是我们玩"撑大纲"的必备品。

这种绿莛儿的横截面是一个三角形，与周围其他植物那圆圆的秸儿、莛儿都截然不同。

"张大罗"，与香附很像，长在地里，几乎很难分辨出来。但是，它们的根有很大的区别。

"张大罗"一般长在比较潮湿的地方或是沙滩上，它的根很浅，也很集中，只能存活一年，它是依靠种子来繁殖的。

而香附则长在很深的土层里，它的根是宿根，长得很深，还能够不断向周围拓展空间，找个合适的地方又发出芽来。它既能够依靠种子繁殖，又能用宿根繁衍。它的根上能够结出一种纺锤形的小块茎来，这种小块茎晾晒干了，就是那名贵的中药：香附子。

我们这些小孩可不懂什么中药，在我们眼里，"张大罗"远比香附更可爱，原因很简单：既好玩又容易拔除！

小的时候的夏天，我们姐弟仨最常做的工作就是拔草，一种是芹菜畦里的小草，另一种就是玉米地里的大草。不管是前者还是后者，"张大罗"都是我们喜欢遇见的。

芹菜畦里的"张大罗"，又细又小，好似野草中的"林黛玉"。它叶子细细的，茎儿也细细的，它如同缩小了的兰草，静静地立在那里，只需要轻轻一拔，它便顺从地连根一起被我们的小手掌控了，空气中还会飘来它特有的香气。

玉米地里的"张大罗"完全不像"墩草驴"那般肥壮根深，也不如"抓秧子"那样柔韧且到处落地生根，更不会像"马齿菜"那样怎么也晒不死，一副死皮赖脸的模样！

"张大罗"就是那样干脆利落，毫无谄媚之色，也绝不屈膝苟延，似乎大有"君子"之风呢！

可是，它为什么会有如此庸俗的名字呢？

我问了身边很多老人，他们都说不出个子丑寅卯来；我又去询问了身边的农林专家，他们要么研究的是它的药性，要么研究的是用何种方法清除，而不是它的名字，所以也说不出个所以然来。

于是，我只好又进行了一番推理：其实，"张大罗"，就是张开一张大罗网，这与"撑大纲"的意思是差不多的，取这个名字，估计也是因为以前的人们都爱用它做"撑大纲"的游戏吧！

后来，我用"识花君"软件对着"张大罗"一照，发现它的学名竟然叫"水莎"！

哦，它就是古文中常出现的"莎草"呀！原来"张大罗"不过是它的俗名罢了。

我并没有找到直接与描写它的文章。但是，在文学发达的宋朝，它就作为一个词牌被人永远记住了，那就是"踏莎行"。

想象一下，宽衣长带的文人在长满细细莎草的河滩走过，难免也会像瘦弱的林妹妹一样多愁善感吧。

我不禁想起晏殊的《踏莎行·细草愁烟》来："细草愁烟，幽花怯露，凭栏总是销魂处。日高深院静无人，时时海燕双飞去。带缓罗衣，香残蕙炷，天长不禁迢迢路。垂杨只解惹春风，何曾系得行人住？"

千万年过去了，细眉窄腰的"张大罗"依然在田野里笑对春风，它们仿佛在说："有谁知道我的大名？"

没有人回答，爱玩的小孩子们经过它的身旁，依旧会揪起它的绿莛儿，张成一张像手帕的方形罗网。

清风依旧，莎草萋萋！

"撑大纲"

小时候，好像随手都可以找到玩具。

比如春天的柳枝可做成柳哨，大葱的叶子可做成葱哨，芋头的叶子可以做大伞，半个西瓜去掉瓤拴上"系儿"，就可以当水桶，从井里提上来的水还很甜呢！

到了夏秋之交，很多野草便长出高高的莛儿，"秀"出果实来了。

这种野草在我们眼里，也可折腾上几出"戏"。

比如狗尾巴草，将那个毛茸茸的尾巴和莛儿一起拔出来，捡那种穗儿长的拔上七八根备用，就可以做"小绿兔"。

先取两根并排竖放，然后依次将其他几根穗儿绕着这两根莛儿转圈，编上四五道，然后将最后的莛儿插进毛茸茸的圈里收尾，"小绿兔"便大功告成！轻轻一抖，它的两只绿耳朵便颤动起来了！

如果玩腻了，还有其他玩法。

这个季节，田野里的蚂蚱、蟋蟀到处都可见。只要你有耐心，很容易就能捕到几只活蹦乱跳的小家伙。

很想抓住些带回家里烤着吃，可是又没有瓶瓶罐罐，怎么将这些小家伙带回家呢？

狗尾草可就派上用场啦！

拔一根粗壮的莛儿，掐去软嫩的那一小截，就如同有了一根"绿针"。将这根"绿针"从蚂蚱脖子上的一个"项圈"里穿过，然后往下一撸，到穗儿位置就停住了。

如是，反复几次，那些蚂蚱呀蟋蟀呀就乖乖被串成一串啦！回头不管是火烤，还是油炒，都香气扑鼻呢！

另外一种有趣的游戏需用到的草是香附和"张大罗"，用它们的莛子可以玩"撑大纲"。玩这个游戏需有同伴配合才能完成。

先将莛子头上的花序摘去，再将下半截那段软嫩的一段掐去，就只剩下一根绿色的三角锥形长棍了。

这时，两个小孩各自抓住这根绿色三角锥形长棍的一端，将自己这一头的小三角形撕开，然后又各自将这个口子撕得更大，待两方交会时放缓速度，轻轻一撑，再顺势一撕，接着翻过来，两个小孩的手中便形成了一个大大的正方形，仿佛是一块镶绿边的透明手帕或者棉单，所以我们这里也管它叫"撑手帕"或"撑棉单"。

叫"撑手帕"，我能明白，这很容易，方方正正，形状很像手帕或棉单嘛！

但是，为什么叫"撑大纲"呢？

小时候不识字，我以为是"撑大缸"，心里颇疑惑："大缸？大缸都是圆形的呀？难不成大缸还有方形的？"

去问母亲，母亲笑笑："咱不知是什么样的缸，反正你姥姥说这就叫'撑大缸'！你问这么细干什么？"

母亲觉得自己的女儿问题太多了，她摇摇头走开了，嘴里还嘟囔着："管它是什么缸，有什么用？碍不着咱吃又碍不着穿的，操这份心有什么用？"

我一听，母亲说得也对。就不敢再追问了。

但是，心里还是有这个谜团，总想解开它。

前一阵子，我闲来无事，便买来一本《辞源》随意翻看，翻到"纲"这个字时，顿时恍然大悟：原来"纲"还有网的总绳的意思！我马上明白了：哦，如果将那块"小手帕"或者"棉单"看成一张网，那么，它的总绳可不就是手里的这根绿棍棍吗！

再仔细一想，渔网提起来的时候，也就是一根粗一些的绳子呢！

如此可见，我们小时候所说的"撑大缸"，应该是"撑大纲"！

呵呵，多年的疑团终于解开了！

不过，这是我个人的研究，并没有经过语言专家的认定。姑且作为自己对古代汉语的一种学习心得吧。

想来，很多事物的名称是不断随着社会的发展而变化的。因为在乡野之间，世代口口相传的语言，就像"活化石"一样存在，但还是需要有一双慧眼才能发现其价值呢！

"礼失而求诸野"，大概也就是这个道理吧！

指甲花

小时候，村庄里家家户户都在房前屋后种上几朵小花。因为种地种菜辛苦，种花便成了苦乐年华中的点缀。

最常见的就是月季花、鸡冠花和太阳花，都非常容易成活，不用怎么打理，就能够欣赏到常开不败的艳丽。倘若家里有个女孩子，这个小院的角落里则往往会种上几株指甲花，我们这里管它叫"支支桃子"，其学名就是凤仙花。

我最喜欢指甲花了。只要它开了花，就可以揉碎了，捏出汁来，涂在指甲上！十个指甲就会变得粉粉的、红红的，仿佛自己顷刻变成了戏剧中的佳人一般，心里美美的。

指甲花是从下往上次第开放的。待上面的花朵绽放时，底下的那一层早已结出了椭圆形的小绿果果。待这些绿果果变得浑圆之际，它的颜色也由碧绿色变成了浅绿色，我们便知道它肚子里面的籽儿已经由浅绿色变成了深褐色。

这时，我们便小心翼翼地把它采摘下来。为了防止它爆裂，采摘的时候要连同它那细细的长柄一起掐下。这样，它们便活似一枚枚小小的"手雷"。遇到小伙伴，我们一起清点起自己手中的小"手雷"来。你三个，我五个，放在一起并不是要比数量，而是要看看谁的小"手雷"更有力量。只需要轻轻一捏，扑哧一声，浅绿色的小果果便四分五裂，囊内的深褐色圆籽儿瞬时弹射出来，散落在掌心里。而果皮儿在爆裂的同时一个大翻转，便翻卷起来，活像厚厚的绿花瓣。有的翻卷得刚刚好，就变成了绿绿的"胖虫子"。

那个年代，我们的玩具很少，指甲花的这些小果果便成了我们儿时的开心果。

转眼三十多年过去了，我早已从原先的黄毛小丫头变成了中年人。搬家也搬了好几次，但是每次新到一个地方，我总惦念在自己的花盆里种上那么几株小花。虽然没有什么大名气，只要看到它们活泼地生长着，便不由得心生喜悦。前几年，在出警途经砚台岭村时，发现拆迁改造还没完成的几家人门前有几株指甲花，我便讨要了几粒种子，种在了小花盆里。

盛夏，花盆里果然开出一朵朵娇艳的指甲花来。偶尔，我也会萌发童心，像小时候一样将捏出的汁儿涂在指甲上。

大宝笑了："老妈，你这也太落后了！人家都专门去美容美甲店里做指甲！"

我也笑笑："老妈虽然爱美，却并不喜欢美容美甲店里那股浓重的甲醛味道！我更喜欢这种与大自然亲密接触的感觉！"

可不是吗，我的美甲方法更天然，更环保，而且还散发着淡淡的芳香味道！倘若不喜欢了，清水一洗就会褪掉！

秋天到了，二宝还会收获新的小玩具呢！轻轻一捏，浅绿色的小果果刹那间便四分五裂！

这个才刚四岁的小家伙眼睛马上变得亮亮的："哦？是豌豆射手么？"

嗬嗬，老妈的故事匣子便要从这里打开了。

只是不知这些小故事、这些小趣谈，能在他那小小的脑瓜里存留多久？

我的希望是：永远！

桑葚

天气刚转暖，小区门口不知什么时候自发地形成了一个小菜市场。

附近的农民和菜贩们在马路边聚集起来。三轮车的车斗里摆着自家种的小油菜、小春葱，还有冬天储存的南瓜、土豆、白菜或青萝卜。

一天中午下班后，我发现这个小菜市场里还有紫黑色的桑葚！这一下子勾起了儿时的情景和美味。

想起来，那时候我大概也就六七岁光景，还没有上学。

春节一过，田野里便开始慢慢开始褪去枯黄，换上绿装，沂河两岸开始变得绿意盎然，小伙伴们便开始了寻找春季美味的历程。

那个年代，吃是最重要的事情。平时都是玉米煎饼、瓜干粥，就上辣疙瘩咸菜。趁着母亲不注意，在白白的猪大油盆里用筷子拨出些油脂，往煎饼里一抹，然后卷上从地里刚刚拔出的新葱，那就是最美的味儿！

现在想一想，还直流口水哩！

那些是主食，是人们加工之后的美味。

春天一到，河边的野地里会陆陆续续出现很多天然的美味，小伙伴们可不会放过这些机会。

最先是白白胖胖的芦根和茅草根。品尝过它们清淡淡、甜丝丝的味道之后不久，就会有几场蒙蒙的细雨。过后，"野火烧不尽"的茅草便开始"草色遥看近却无"了。

我们这些小孩子便开始在那些被野火烧得黑乎乎的茅草丛里寻找茅草的花苞：茅针。

它的形状比茅草的叶子圆，而且竖直向上，就像层层立起的小"塔尖"。

找到后，将它拔离地面，然后剥开红红绿绿的皮儿，里面那白白嫩嫩的芯儿便赫然在目了。小心地将这根白絮芯儿剥离草皮，放进嘴巴里一嚼，那带着清香的浅浅的甜味便沁人心脾了。

随后，我们就开始耐心地观察河边桑树上那些翠绿色的坠儿——桑葚的"变脸"过程。

当它们开始变成嫩白色时，我们知道，不过三五天的日光照射，它们就会变成粉红脸儿，再往后，就是深红色，最后成了紫色。

天然的桑葚，并不像现在卖的这些那么肥硕，那么多汁，却是那样新鲜！它们酸中带甜，甜中有酸，这让我们这些平时很难吃到甜味的小孩子越吃越想吃！

品尝过这些酸中带甜的紫坠儿，我们的舌头也变成紫色的了。

那时候，我们还有一个重要任务就是拾柴火。

这个季节，没有麦秸麦茬可用，于是我们便用竹耙子搂干草。搂满一筐，便完成了任务。这些干草可是烧土锅的重要引火材料。

于是，我们自发地在南大汪巷子口办起了"集市"。采集到的茅针、桑葚都可以换柴火。

巷子里回荡着孩子们此起彼伏的吆喝声："拿柴火来换茅针啦——""拿柴火来换桑葚喽——"

稚嫩的吆喝声和喧闹的场景并不会引起大人们的诧异，他们觉得这就是孩子们的游戏而已。

但在孩子们看来，这可是很认真的商品交易！每一根茅针、每一颗桑葚、每一把柴火，都是我们的劳动成果呢！谁也不能"欺行霸市"！

在不停的讨价还价中，小伙伴们就很容易同时实现了两个愿望：既完成了搂柴火的任务，又品尝到了美味！

长大后，那些桑树早就不见了踪影，被一些新栽的杨树、槐树取代。柴火也慢慢不是什么稀罕物，这种"交易"游戏早已没人玩了！

　　有时想起来我还会疑惑一番：这些游戏是小伙伴们自己发明的呢，还是祖辈流传下来的？而这过程中，根本没有任何成年人的参与，孩子们却最终乐得其所，满意而归。这大概就是最公平的市场交易的原始雏形吧！

　　再看看眼前这个自发的小菜市场，也似乎与当年那些游戏相仿呢！

　　拎着桑葚回到家时，我听楼下传来孩子们放学归来的吵闹声。

　　哦，社会总是这样不断向前，不知他们长大后萦绕在脑海中的会是哪些情景和美味呢？

梧桐

小时候，我们新家里满院子栽了很多梧桐树。

梧桐树的叶子很大，尤其是第一年种下的梧桐树，杆儿还是绿色的，叶子比芋头叶儿还大。所以下雨的时候可以把它掰下来当小伞用。

梧桐花也很大！小时候，我们村里房前屋后栽的大多是洋槐树、臭椿树，这些树的花都比较小。最大的就是梧桐花了。

暮春时节，梧桐树便能开出一嘟噜一嘟噜的梧桐花，香喷喷的，满院子都是香气。

但是花谢的时候要小心了，因为花朵很大，结出的小果子有时候也会落下来。所以，这个时节，倘若站在梧桐树下，脑袋就有被花朵或果实击中的危险。我的脑袋就被砸过几次，别说，还真挺疼的。

记得老家的梧桐树是我上五年级的时候栽上的。

梧桐树长得快，原本胳膊粗细的树干，三五年便可长得比大人的腰还要粗，若是七八年下来，小孩子就搂不过来了。这是生长缓慢的槐树和椿树所不能及的。

父亲便看中了这个优点，在我上初中的时候便在院子里栽满了梧桐树。

他还非常高兴地告诉周围的邻居："正好，再过几年，丫头就出门子（出嫁）了，正好可以打嫁妆！"

那时女孩子的嫁妆是由木匠来做的。

这原本是好意，可在那时的我听来却十分生气！

因为那时我学习成绩不好，两个弟弟学习成绩都不错。很明显，父亲早已认定了女儿不是学习之材，早早出嫁，便是很好的结局。

于是，我便发愤学习起来。后来成绩自然远远超过了父亲的想象。

那些梧桐树也远远超过了父亲的想象。

长得疯快的梧桐树，树冠特别大，尤其是靠近堂屋前面的那一棵。

记得有一年，雨很大，风也很大，天井里的土被泡软了，那棵梧桐树被刮歪了，倒在瓦屋的顶上。虽然瓦片没有被压碎，但这棵歪倒的梧桐树造成很大的危险。

因为，暴雨还在一直下，如果再不处理，这棵梧桐树就有把屋墙给压垮的危险！于是锯掉部分树冠，减轻树的重量，成了当务之急！

怎么办呢？

愁眉苦脸的父亲，思来想去，把这个非常艰巨的任务交给了我：腰里别着斧头，爬到树顶，将那些树枝砍断！

原因很简单：我年纪小，身体轻，不会压坏更多的瓦片！最关键的是，我会爬树！

我当然感到非常荣幸，因为我两个弟弟都不会爬树，只有我能够完成这个艰巨的任务！

虽然我是个女孩子，但是那个年纪，身体还没有发育，基本和男孩子差不多，再加上我的性格又非常顽皮，连我母亲都说："这个丫头托生错了，应该是男孩！"

于是，我头上戴着用塑料袋子做成的雨帽，腰里别着铁斧头，手脚并用爬上了这株梧桐树，严格执行着父亲的指令，左一下，右一下，成功将那些多余的树枝砍了下来，减轻了压在屋上的重量！

等到雨停了，全家人动手将这棵梧桐树砍掉，总算消除了后患。

到后来我上了高中，读了大学，这些原本担负着当嫁妆重任的梧桐树，被父亲一棵一棵砍掉卖钱当了学费。再后来，父亲吸取教训，不再栽梧桐树，换成了杨树。

但是，因为栽过梧桐树，后来老院子里每隔一段时间就有一些梧桐树苗从地面钻出，长出挺拔的、绿绿的杆儿，顶着大大的绿叶。

过几天，我打算带着孩子们去摘几片大大的梧桐树叶给他们当小伞。

榆树

暮春时节，花木葱茏，杨树的花絮长大后便坠落地面，活像一条条毛毛虫，男孩子们便将它们从地上拾起在女孩子眼前一晃，女孩子们惊叫一声，飞也似的跑开去，男孩子们嘴角上扬："哈哈，胆小鬼！"

这些场景，只不过是这个时节的一个小插曲，而真正的主角则非榆树莫属！

看，榆树上已长出小扇般的叶子来了。小孩子们的眼睛便被它们抓住，隔不上一天，孩子们就要再看看有没有新的变化。在孩子们的期待中，一嘟噜一嘟噜的榆钱从枝头冒出来了！那些浅绿色的榆钱开始只有麦粒大小，慢慢地，它们长得跟指甲一样大小了，很快，它们又变得跟铜钱差不多大了。一簇簇，一串串，是那样的嫩，是那般的翠，缀满了枝头，在和煦的春风里摇曳着，吸引来小孩子们在此逗留嬉闹。

往往因为榆钱结得太多，细弱的枝条都被坠弯了，孩子们就踮着脚尖伸手去够那个软枝梢儿，有时还是够不着，他们便折来带着树杈的枯树枝，把它当成木钩，伸向低垂的榆枝儿。一旦颤颤巍巍地将那根低垂的软枝儿拉近自己，旁边的孩子们就会蜂拥上来一齐把它拽得更低。

一把撸下几嘟噜又薄又脆的翠绿色榆钱，塞进嘴里，嚼一嚼，那股带着一丝丝淡淡的甜味的清新便在嘴巴里弥漫开来。小孩子们一边吃一边抬头仰望着天空，哎呀，谁家的风筝又挂在那个高高的杨树梢上啦！

是呢，杨树毛毛、榆钱儿、风筝和这些顽皮的小孩子，与暖暖的春风一起构成了小村里暮春时节最美的风景！

美，总是有保鲜期的！正所谓"过期不候"，我们怎么能错过这一年一度的"盛宴"呢！

因为，小孩子们都知道，不过一周，未采摘的榆钱就会变干变硬，颜色也变得灰暗起来，风儿一吹，它们便飘落下来，与漫天飞舞的杨花柳絮一起演绎着韩愈的诗句："杨花榆荚无才思，唯解漫天作雪飞。"

记得我学这首诗时，正上初中，满脑子里寻找这种风景，却只能想起榆钱撒落的样子而已。

我对这句诗还是很怀疑的。因为，小时候，我们那个小村里的杨树并不多，所以很难理解"作雪飞"的场景。毕竟榆钱们比雪花大得多，又重得多，它们飘落下来时，既无旖旎的舞姿，也缺乏漫天飞舞的轻盈。但是，最近十来年，我生活的城市和乡村里倒是飞舞起漫天的杨花来了。据新闻报道，因为它们太多，每年都有很多呼吸道疾病患者投诉呢！我呢，也赶紧戴上口罩，远远地"欣赏"着这一"景致"，觉得这简直成了一种苦恼。幸好，城市管理者开始想办法解决这一问题了，既洒水，又改良路边林木的品种。最近一两年，这种现象减少了。

榆钱是榆树的种子，因其外形圆薄如钱币，故而得名，又由于它谐音"余钱"，因而就有吃了榆钱可有"余钱"的说法。盼望过上富裕日子的人家都希望自己能够有"余钱"，自然在房前屋后都会栽上一两棵。质朴的榆钱是普通百姓的吉祥物，也是困难年代的救命粮。榆树浑身是宝，榆钱榆叶都可以吃，榆树皮洗净了上磨推成糊糊还可以烙煎饼呢。二十世纪六十年代，榆树救过很多人的命呢！榆木，也是北方做家具的好材料。村里谁家生下丫头，便在院子里栽上一棵榆树。十八年后，用榆木做成桌椅板凳箱子柜子，作为女儿的嫁妆。

"榆木疙瘩"，形容人老实本分不懂变通，但是，从这个词里，我们也可以大概知道榆木的结实耐用。是的，榆木纹理细密，做成的家具也十分耐用。直到现在，母亲嫁妆里的两张榆木"坐床子"还完好无损，它们已经陪伴了母亲近半个世纪啦！

椿树

我们这里，椿树有两种，一种是香椿树，一种是臭椿树。

香椿树，从叶子到树干都散发着一股香味。香椿树长得很慢，印象中它们总也长不大！它们总是细细的弱弱的，一丛丛，一簇簇，是低矮的灌木。后来我还专门到百度百科上去查了一下，原来香椿树也是乔木，但是我想农民们不希望它长得又大又高，因为那样就够不着香椿芽了！

小时候，用香椿芽拌上熟咸菜，滴上几滴香油，或者将香椿芽切碎拌上豆腐、炒鸡蛋，都是很美味的！等到香椿树的叶子长得非常旺盛的时候，还可以将它们的叶子连柄一起掰下来，洗净晾干，用粗盐腌制成翠绿的咸菜，卷上煎饼，也十分美味！

直到现在，我们春天回老家时，母亲仍然会忙着采摘嫩香椿送给我们呢！臭椿则不同，它们长得很快，还长得很高，属于高大的乔木。我们这个地方如果说到椿树，一般指的就是臭椿。臭椿其实并不臭，只是没有香椿树那种香味罢了。

每到大年初一，母亲便让我们去搂椿树，还教我们一边搂着椿树一边转圈，一边转圈还要一边念叨："椿树椿树是树王，你长粗来我长（zhǎng）长（cháng）"！椿树还有另外的用处：挂棉花柴。记得每年一进腊月，母亲就会让父亲将一捆棉花柴挂在高高的椿树杈上，待大年初一这天，天不亮就取下来，在堂屋里用这捆棉花柴烤火。母亲说这样新的一年不生病。

我们这些小孩子对母亲的话总是深信不疑，便纷纷围着火盆烤：烤手，烤脚，烤脸，还要烤一烤耳朵！

椿树上有一种蛾子，我们叫它"花姑娘"。"花姑娘"很漂亮，外层翅膀是有黑色斑点的浅紫褐色纱翅，内层平时折叠，展开时则会露出带黑色斑点的鲜红色"纱裙"。"花姑娘"的翅膀不小，却飞不远，遇到危险，只会蹦跳。我们这些小孩子常常将它们捉住，放在手中任它们在掌中"舞蹈"。是呢，这般丰富多彩的颜色，这般忽隐忽现的红纱裙，这般孱弱细小的触角和四肢，真像是穿着曳地长裙的芭蕾舞蹈演员在翩翩起舞呢！

椿树上还会有椿蚕和"冒尖"，它们长得有些像，都是淡绿色的大青虫。其实椿蚕和黄豆叶上的豆虫更相像，浑身光滑，没有任何斑点和花纹，脑袋是浑圆的，尾部也是浑圆的，一副平头正脸的模样。而"冒尖"则在身体两侧有黑色小圆点，尾部还斜立着一根大长刺，让人一看就望而生畏。

冬天来临，椿树的叶子落光了，但在细枝上会挂着一个个圆圆的虫茧，这便是椿蚕茧了。将椿蚕茧摘下来，用剪刀剪开，将褐色的椿蚕蛹放在油锅里煎黄，再撒点细盐，一盘香喷喷的美味又出炉了！

嚼一嚼，香香的，脆脆的！这便是椿树给冬天的礼物了！

老槐树

　　大概因为我们家老院里种着那几株老槐树的原因吧，我对槐树有着特殊的感情。

　　儿时老家院里的那两棵槐树是刺槐，我们当地管它叫洋槐。

　　初春，洋槐树那黑黑的枝丫上便鼓出一个个翠绿的芽苞。渐渐的，芽苞在春风中慢慢舒展开来，对生的叶子是扁圆形的。待到叶子由翠绿色变成碧绿色，那就说明它已经不是很嫩了。这时摘下两片放在嘴里吹一吹，便可以吹出哨音来。

　　有时候天气不好，本来该去田野里挖草喂兔子的"任务"便会被"转嫁"到老槐树的身上：我小时候会爬树，天气不好的时候，我就会爬到树顶上折槐树叶给兔子们吃。

　　春天的天气不好，主要就是风沙大，雨天的时候很少，这正符合了"春雨贵如油"的说法吧。

　　到了春夏之交，老院里的老槐树便会开出一嘟噜一嘟噜的白色花骨朵来，撸下来，放在嘴里嚼一嚼，甜丝丝的！这就是槐花蜜的味道（不过我小时候还真的没吃过蜂蜜呢，直到结婚之后才慢慢知道蜂蜜的味道）！

　　仲夏，槐树下又成了我们纳凉的好去处。不过这时候会有一些可爱的小动物，带着它们的"城堡"从空中降落。我们叫它们"吊死鬼"！因为它们把自己锁在"城堡"一样的茧蛹里，从树枝上用一根细细的丝线吊下来。我们则毫不客气，从半空中捏住丝线的一头，"吊死鬼"连同它的"城堡"，就成了我们的俘虏！再用指甲将那软软的"城堡"撕开，胖嘟嘟的"吊死鬼"就变成了小鸡们的美味！

不过，我们有时候也会遇到麻烦，因为有时会有"蜇毛子"！这种虫子很可怕，绿绿的，浑身布满了尖刺，只要这些刺碰到人，皮肤就会疼很长时间，我曾深受其害！

等到了秋天，老院的槐花便结出成串成串的槐树荚来，风一吹，哗啦哗啦响。待到秋末，槐树的果实完全干燥，我们便用竹竿绑上铁钩子把这些果荚钩下来，剥出种子来，交给老师！据说这些种子都寄给了内蒙古等地的沙漠地区，然后用飞机播种。

不知道现在的沙漠里会不会有当年我摘的种子长出来的槐树呢！

老院子里的槐树是刺槐，但是巷子南侧的大汪西南角有一棵古老的国槐。

据说，这棵国槐是我们老马家的祖先种的，所以是我们家的财产。我记事的时候，它就已经有两个小孩合抱都搂不过来那么粗了。

印象中，它整日悠然地半卧在水和池塘的边上。这种槐树没有刺，也开花，结出来的果荚叫"槐儿豆"，据说是一味中药，炒熟了可以泡茶喝，去火！

大约在二十世纪九十年代末，这个池塘被村里的人用沙土给填上了。这棵国槐分给了我三叔。他把它砍掉卖了，现在想来多可惜！

大约七八岁的时候，我喜欢爬树。那时的夏天，我常常骑在这棵横卧在水面上的老槐树上，把脚丫子放在水里，一边扒拉着水一边享受着透心的凉意。

从国槐往西走大概一二十米，就是老村委所在地，村委所在地的前面曾经盖了一排溜七八间草房，作为小孩子们的学校。

这些校舍的院子里栽的也都是刺槐。

不用说，课间时分，我仍然会来拜访这棵老槐树。

池塘边，那棵老槐树又粗又壮，还没有刺儿，就像走路慢吞吞、说话慢吞吞的老爷爷，一直用慈祥的目光看着我们！

长得再大一些我才慢慢知道，原来我们的祖先是从山西洪洞的老槐树下走出来的。

偶尔，在旅行的途中或者平时经过的路边，我都会情不自禁地留意到些槐树，不管是长着刺的洋槐树还是挂着红布条的国槐树，看到它们，我就会回忆起儿时的那些美好时光！

后来小弟的新家建好时，父亲想要栽一棵九爪槐，当时我正好途经青山花卉市场，花两百块钱选了一株带到家里。

原来这种九爪槐也是一种国槐，只不过顶端分出八九个枝杈来，然后又弯着垂向地面。

的确，这种树长成了是很好的景观，不会长得太高，而且它的花和果实还很容易摘取！

这就是人类不断进步的智慧呀！

又过了几年，婆婆家的院门东侧也栽了一棵九爪槐。原来，她也听到了一句俗话："种上九爪槐，不挣自然来！"

显然，九爪槐承载着人们对美好生活的期盼！

后来在北京读书时，我看到很多老国槐树站在老巷子两侧，尤其是国子监和孔庙的槐树长得尤为粗壮葱郁！

原来，在古代的时候槐树也被称为"三公树"，象征着科第吉兆。

回顾一下历史，原来槐树也是故乡的象征，明朝时期的"洪洞移民"有这样一首民谣："问我祖先来何处，山西洪洞大槐树。"

槐树啊，不老的故乡情！

核桃林

"七月核桃，八月梨，九月柿子来赶集。"

每到农历七八月份，小区附近的农贸市场上总会看到"青蛋蛋"的身影。

这些"青蛋蛋"，青翠的表皮上布满了白色的小斑点，圆圆的，鸡蛋大小，十分可爱。但是这层青皮是不能吃的。只有将这层青皮去掉，再砸碎那褐色的核桃壳，里面的核桃仁才是可以吃的。

小时候，我们村河堰西侧，也就是沂河东岸，有一大片核桃林，我爷爷就是护林员。

每到中秋节前后，核桃成熟了，爷爷就会将村里分给他的核桃分给我们这些孩子吃。

所以，核桃的外皮不能吃，于我来说，这是儿时就有的常识了。

记得上初中时，我读过作家刘真描写自己在延安当"红小鬼"时偷吃核桃的一篇文章。她以为核桃像枣、苹果一样是可以直接吃皮的，就咬了一口。发现又苦又涩，便吐掉，把那个"青蛋蛋"扔了。后来，有一个老大姐发现她的舌头变黑了，以为她病了，还专门给她治病呢！

当时，我对这篇文章印象特别深刻，估计也和自己对核桃比较熟悉有很大的关系。

那时，爷爷就住在堰西的核桃林里。

核桃林里也有板栗树。这些树都差不多有一搂粗。核桃树很高，树干也很光滑，不好往上爬。但是，板栗树的主干都很矮，在半人多高的地方就分出两三个横斜的树杈来。我们这些顽皮的小孩子常常光着脚丫爬上板栗树，骑在树杈上玩耍。

板栗的外壳就像刺猬，有一些落在地上，就像针团一样。倘若不小心踩上去，就会被扎到。

见我们爬上了树，爷爷便在远处吆喝着，提醒我们小心，千万别被板栗壳扎着。

那时，爷爷大概有六七十岁，身体很硬朗，声音洪亮，留着山羊胡子，穿着大襟上衣，腰里束着一条宽布带。

到现在，我依然记得他的模样呢！

其实，河堰西侧，全是沙土地。因此，核桃林里的树底下，尽是松软的沙窝。晴好的天气里，站在树杈上往下跳，也是我们曾经热衷的游戏。想一想，从树上跳下来，小脚丫便"扑哧"一声埋进了细沙中，脚掌和脚后跟也被细沙摩擦着，那是多么惬意！

在硕果累累的核桃树林里，赤着脚奔跑追逐着，尽情让小脚丫与细沙亲密接触着，恰似"足底按摩"呢！

玩累了，我们就躺在树下松软的沙子上，把小脚丫埋在细沙中，枕着胳膊休息片刻。

头顶，枝头缀满"青蛋蛋"和"青刺猬"，仿佛夜空中一盏盏绿色的孔明灯，微风一吹，若隐若现；身旁，偶有几根狗尾巴草之类的细草，歪歪斜斜，摇着毛茸茸的穗儿，讨好又讨巧；不远处，有蚂蚱仓促地蹦跳着逃远了，大的驮着小的，仿佛姐姐背着弟弟，在细草的绿叶间玩耍；空中还不时传来清脆的鸟鸣：叽叽喳喳，那是小麻雀在小声说着悄悄话；"喳喳——喳——"那是灰喜鹊摇着长尾巴，估计又有谁家有喜事啦！"嗒——嗒嗒嗒！"指定是啄木鸟发现老树生病了，正给诊治呢！

这是多么美啊！

倘若遇上阴雨天，也不要恼恨！耐心等上一两天，再到核桃林里，一定会找到另外一些宝贝疙瘩！

仔细观察，腐烂的黑褐色栗子壳间，枯烂的老树皮上，会有一把把才撑开的"小伞"！记住，那些五彩斑斓的，坚决不要碰！我们要找的，就是那些"灰姑娘"，我们当地称之为"蛾子"，它们才是真正的蘑菇！炒菜或炖汤，绝对又鲜又香，营养又美味！

核桃林，不仅出产美味，还可提供药材呢！

记得有一年，村子里很多小孩生了"蛤蟆瘟"（后来才知道是流行性腮腺炎），懂医术的父亲带着到我们堰西的核桃林采了核桃叶，又挖了白蒿，一起煮水喝。我们姐弟仨就没有被传染。

可惜的是，十多年前，不知什么原因，这片核桃林被砍去种上了庄稼，最近两三年，才又栽上了杨树、桃树！

吃鲜核桃的季节又到了。用夹子夹开硬邦邦的核桃壳，揪出那些弯弯曲曲的核桃仁，再耐心地轻轻揭去那层褐黄色薄皮，核桃仁马上变得又白又嫩！放进嘴里嚼一嚼，又脆又香！

瞬间，我便仿佛又回到了儿时那片茂盛的核桃林！

楝花香

初夏，楝树的花儿盛开了，浓浓的幽香在前十街上随风荡漾。

前十街的最东头直通沂河西岸，原先我家就在这条街北侧。因为常常要到街南侧的前十菜市场买菜，所以我便有幸徜徉在这条满是香风的街道上。

楝树的花是紫色的，花骨朵很像紫色的大米粒儿。细碎的花儿绽开后，花瓣是淡淡的紫，花心是深紫色，小小的金黄色花蕊顶在花心上，像小小的金色星星。

风儿吹过，一束束的紫色花蕾随风摇曳，一颗颗小金星在翠绿的枝叶间眨着眼睛。浓密的楝树枝丫上，这些紫色的细碎花束，一团团一簇簇，浮在这棵绿伞的顶部，像紫色的云朵那样轻柔和美。

整个前十街两侧栽的都是楝树，一到夏天，这些载着紫色云朵和金色星星的绿伞便将整个街道装扮得十分柔美。

前十街是临沂城前十里铺的中心街道。这条街，见证了临沂城的变迁，也见证了我的青春年华。

二十年前，这里是临沂城的瓜子批发市场，到处是工厂和大棚，经常有一些内蒙古等外地来的大货车停在路边装卸整麻袋整麻袋的瓜子。于是，夏天到了，一些高高矮矮的向日葵便从水井盖缝里、水泥缝里钻出来，开出一个个大小不一的金色花盘，向着太阳笑眯眯。尽管无人关照，也无人关心它们的去留，它们却并不在意，只是自然而然地绽放生命的光华。有的还未结完籽，秋霜已然降临，它们便耷拉下头来，蔫了。

也有的花盘刚刚鼓起来，便被人们折断尝鲜去了。

这些过往，花期很长的紫色楝花一定会记得。

那时候，临沂的滨河大道还没有修，沂河西大堤是主要的交通要道，这条泥土夯制的大堤已经存在了上千年。刚结婚时，我们家只有一辆破摩托车，我家老郑便常载着我和孩子沿着这条土坝回娘家。

一到雨天，河堤上到处是泥巴，天晴不几日，风一刮，河堰上又飞起尘土来。前十街上也常常不是泥巴，就是尘土飞扬。这是那个时代常见的风景，人们早已习以为常。前十街头这些泥巴，大多是沂蒙山区的黄土，也有跑运输的大车从外地带来的黑泥。

这些旧景，道路两侧的楝树一定忘不了。

如今，滨河大道整洁宽敞，前十大街两侧都是商铺，还有大型综合建筑"东方不夜城"，能够吃到日本料理、韩国烧烤，还可以看电影！就是对面的菜市场，也早就升级换代，由原先脏兮兮的地摊变身为宽敞明亮的水果超市、蔬菜商场，海鲜生禽和日用小百货、特色小吃店也井然有序，卫生整洁。

一大早，前十街上就涌动着勤劳的百姓。各式早餐早点应有尽有，有临沂特色名吃"糁"，有苍山"带豆粥"，也有"老城火烧"，还有西安豆腐脑、肉夹馍，云南过桥米线，潼关火烧……

晚上，这条街自东到西灯火通明，不但有自发的小夜市，也有韩国烤肉、日本料理、淮扬狮子头、日照海鲜……

这些繁华与热闹，楝树上那些盛开的花儿怎么会忘记？

可是，为了方便照顾大宝上初中，我们全家于五年前搬到了南坊。三年前又添了二宝，我便很少有时间专门逛这条繁华的街道了。

初夏的夜里，大宝二宝都睡熟了，我仿佛又嗅到了前十街上那些楝花的香气。

纯美时光

最近，因身体不适卧床静养，便四处寻些轻柔的音乐打发时光，终于找到一首，名字叫《故乡的原风景》。

恰此时初中同学的微信群也刚刚建起来。

于是，听着这首悠扬的陶笛曲，我的思绪便飞扬起来。

想那时，我十多岁，和大宝现在的年龄相仿，正值豆蔻年华，喜欢留着标准的学生头。当然，那也是父亲用剪刀一点点修理出来的杰作呢！

这个季节，正是麦苗返青的时候。麦田里一片绿油油，我挎上柳条筐，带上小铁铲，在麦垄里寻找着那些藏起来的野草。正开小白花的荠菜，脸儿还是红扑扑的"猫儿眼"，肥肥的"麻雀肠儿"，用手揉揉还有黄瓜的清香呢！不一会就能挖满筐，然后挎上它回到家喂那窝长长耳朵三瓣嘴的小家伙。当然，也有过偷懒想乘机挖些麦苗的想法，但是父亲这时便板起脸来：一棵麦苗将来就是一小把麦粒！于是，再不敢了。现在想来，正是他的严格，才使我们养成勤快的习惯吧！

在乐曲连绵不断的韵律中，我又仿佛回到那段纯美的时光里。

这里，少不了那些初中同学的音容笑貌。那时的我，还处于"假小子"的状态，贪玩，特别喜欢瞎闹腾，尤其喜欢"串门子"。因为此时，开始住校了。脱离了父母的时刻监控，享受着自己时间的完全支配权，是何等逍遥快乐。

重要的是，中午还可以去镇上几个同学家里串门。于是，今天到薇儿家摘槐花，明天到兰儿家吃西瓜，后天到秀儿家喝一碗甜甜的蜂蜜水，大后天嘛，又坐上燕儿的自行车疯一圈。

呵呵，校园里的木香花开了，老乌柏树上的叶子变红了，又结出籽儿落下来了。

纯美的时光这么快就走了，可如今，听着清越的陶笛声，它仿佛又回来啦！